KB104353

그러나
불은 끄지 말 것

그러나
불은 끄지 말 것

사랑이거나 사랑이 아니어서 죽도록 쓸쓸한 서른두 편의 이야기

김종관 지음

달

제목 있는 콩트와 제목 없는 산문, 그리고 사진들로 이루어져 있다.
세 가지의 요소로 하나의 이야기를 만들었고,
그렇게 서른두 편의 이야기가 묶여 있다.
때로는 콩트와 산문 사이가 매듭이고,
때로는 이야기와 이야기 사이가 매듭이다.

Contents

프롤로그 • 010

게임 • 014

바람 부는 밤 • 024

옛날 영화 • 030

단잠 • 042

에르메스 뮤지엄 • 048

8월 • 058

벽 • 068

노란빛 사이 • 077

그녀의 손 • 084

가위바위보 • 094

혀 • 100

대설 • 106

대관람차 • 114

절정 • 122

안드로메다 • 128

두 개의 몸 • 134

쓰리 데이즈 • 140
레드트리 • 146
마지막 통화 • 154
치정학 개론 • 160
페티시 • 166
파티 • 172
도둑 • 182
두 번의 아침 • 188
나는 그 새를 죽이지 않았어 • 196
독수리 • 204
지워진 얼굴 • 212
공격 • 220
기도 • 240
좋은 사람 • 244
세번째 만남 • 254
아침의 강 • 262
에필로그 • 275

프롤로그

종로에는 조용한 골목들이 많이 있다. 성가신 불빛과 취한 사람들의 소란이 넘치는 거리 가까이.

불빛을 등지고 좁은 골목으로 들어서면 소리가 멀어지는 곳에서 아늑한 어둠을 만난다. 그곳에서는 발걸음 소리가 조용하게 만들어진다. 골목에 줄지어진 화단의 꽃들은 밤 위에서 쉬고 있다. 불 꺼진 골목의 집들 또한 모두가 쉬고 있다. 단층의 한옥집들은 작은 창문을 가지고 있고, 그 얇은 벽들을 사이에 두고 골목을 지나는 발걸음 소리를 들을 수 있을 것이다. 가난한 사람들이, 느린 사람들이, 혹은 나이든 사람들이 지켜준 옛 골목이 있다. 누군가는 모험하듯 그 길에 접어들어 낡은 벽을 스치는 자신들의 그림자를 신기하게 본다. 여름의 악취는 없고 더운 공기는 꿈속 같다. 골목을 산책하는 동행자가 있다. 그들은 침묵으로도 즐겁게 대화한다. 앞서 걷는 이가 있고 뒤따르는 이가 있다. 골목의 담과 담을 이은 장미덩굴 아래 한 사람이 멈춰 서고, 걷던 사람은 멈춘 사람 곁에 선다. 동행자의 숨소리가 들린다. 어둠 속에서도 벌레가 지나는 것을 보고 지붕 끝에서 달을 보기도 한다. 그 외에 그들에게는 아무 일도 없다.

그들은 골목을 빠져나왔다. 오토바이를 탄 피자배달부가 지나가고 노래방 간판이 반짝거리고 취객들은 고함을 지른다. 삶아진 돼지 머리에서 비린 냄새가 나고 더운 공기는 더이상 포근하지 않다. 산책은 끝이 나고 그들은 말할 기회를 잃었다. 안도 혹은 아쉬움의 한숨을 내쉬고 취기와 함께 미몽도 깨졌음을 알게 되는 골목 끝에서, 비밀스런 침묵의 언어가 존재하던 밤의 자리들을 뒤돌아볼 뿐이다.

그들에게는 아무 일도 없었지만 그 골목에 있었던 일들, 소음 속에 지워진 그들의 중요한 이야기들을 종이 위에 남겨본다. 이 짧은 산책에 그대의 추억, 가지 못한 길의 꿈결들, 감추어놓은 비밀들이 함께하기를.

게 임

숲길에서 그녀는 주사위를 주웠다. 언뜻 무당벌레를 본 것 같았으나 붉은 바탕에 까만 점들로 이루어진 작은 주사위였다. 그녀는 손에 주사위를 올려놓았다. 그녀의 얼굴에 웃음이 번졌다. 아무도 없는 조용한 숲길 너머에서 마른 풀을 스치는 소리가 들렸다. 곧이어 남자가 나타났다. 남자가 앞에 서자 여자는 주사위를 내밀었다. 남자는 대수롭지 않은 표정이었고 둘은 비탈을 내려왔다. 여자는 남자의 등만 보면서 내려왔다. 한기가 넘치는 날이었고 빗줄기가 굵어지고 있었기 때문에 산책을 더 하는 것은 무리가 있었다. 남자는 제주도에 몇 번 온 적이 있었지만 그녀는 처음이었다. 제주도에서 사흘째 날이었고 그곳에서는 아직 섹스가 없었다.

이른 시간 리조트로 돌아온 그들은 하릴없이 창밖 너머 바다를 보거나 텔레비전을 보면서 시간을 때웠다. 거실의 한가운데 있던 유리테이블 위로 주사위가 굴렀다. 남자는 여자의 얼굴을 보았다. 여자는 웃고 있었다. 여자는 남자가 누워 있던 소파에 비집고 들어왔다. 여자는 남자의 겨드랑이 사이를 파고들었다. 그녀는 소리내어 웃는데 대개 그 웃음은 큰 의미가 없다. 그냥 소리내어 웃는 것이다.

그들은 주사위를 이용해 소원 들어주기 게임을 했다. 게임은 단순했다. 둘은 번갈아 주사위를 세 번 던져 그 합이 낮은 사람이 높은 사람의 소원을 들어주기로 했다. 남자가 연속해서 몇 번 이겼다. 두피 마사지, 발 마사지, 삼 분간 오럴섹스 등의 혜택이 이어졌다. 남자는 기분이 좋아졌다. 다음 소원을 구상했다.

하지만 이번에는 여자가 이겼다. 여자의 요구대로 남자는 옷을 벗었다. 여자는 다음에도 이겼다. 여자는 장난기 넘치는 표정을 지었다. 여자는 잠시 궁리하는가 싶더니 방을 빙그르르 돌고는 다가와 소원을 말했다. 벌거벗은 채로 리조트 현관 앞에 주차되어 있는 렌터카의 보닛을 만지고 오는 것이 여자의 요구조건이었다. 남자는 난감해했다. 평일이라 리조트는 한산했다. 사람들이 사라진 미지의 촌락 같았다. 관리인이 하나 있었지만 보이지 않았다. 너무나 조용해서 그들뿐인 것 같기도 했지만 바로 옆 해안 도로로 빠지는 차로가 있었다. 차들의 움직임은 간헐적이었다. 하지만 차가 한 대라도 지나가면 목격될 게 분명했다.

11월의 느긋한 오후였고 비가 내리고 있었다. 여자는 소원을 들어달라며 그의 어깨를 물어뜯었다. 계속해서 귀찮게 할 게 틀림없었다. 그는 현관 옆 창문 바깥을 보면서 심호흡을 한번 했다. 그러고는 현관문을 박차고 맨발로 폴짝폴짝 뛰면서 이십여 미터 앞에 있는 차의 보닛을 겨우 만지고 달려왔다. 순식간에 온몸이 비에 젖었다. 현관에 들어서자마자 문을 닫고 비명을 질렀다. 여자는 남자의 몸을 타월로 연신 닦아대며 자지러지게 웃었다. 남자도 함께 웃음이 나왔다.

다음 게임은 남자가 이겼다. 소원은 같았다. 여자는 절대 못한다고 했으나 남자는 지지 않았다. 남자도 방 안을 빙그르르 돌고는 그녀에게 다가와 어깨를 물었다. 남자는 여자에게 샤워타월 하나를 던졌다. 결국 타월 하나로 몸을 가리는 것에 합의한 후 그녀 또한 한 손으로 보닛을 치고 들어왔다. 그녀의 몸도 순식간에 젖었다. 한기가 들어왔다. 그들은 주사위 게임에 지는 것이 진심으로 두려워졌다. 둘은 계속해서 번갈아 주사위를 던졌다. 남자는 2와 5가, 여자는 3과 2가 나왔다. 남자가 앞서고 있었다. 남자의 마지막 주사위는 3이 나왔고 남자는 천지신명께 그녀가 6이 나오지 않기만을 기도했다. 하지만 마지막으로 구르다 멈춘 무당벌레의 등에는 점이 여섯 개 찍혀 있었고 알몸의 남자는 괴로워하며 방바닥을 굴러다녔다.

— 똑같이 발가벗고 차로 달려갔다 오는 건데, 이번에는 트렁크를 세 번 열었다 닫고 오는 거야.

그녀가 말했다. 여자는 참지 못하고 괴상한 소리로 웃었다. 남자는 그녀의 우스꽝스러운 요구에 투지가 생겼다. '그래, 다음에 봅시다' 하는 마음으로 남자는 렌터카를 향해 달렸다. 비를 맞으며 그녀가 보는 앞에서 벌거벗은 채 트렁크를 세 번 열고 닫았다. 여자는

웃으며 디지털카메라로 그를 담았다. 남자는 멀리서 차가 오는 소리에 놀라 쏜살같이 현관으로 달려왔다. 남자가 거의 현관으로 다다르는 순간 여자는 빠르게 문을 잠갔다. 남자는 비명을 질렀다. 문 안쪽에서 여자의 키득거리는 소리가 들려왔다. 남자는 문을 열어달라고 애걸했지만 들리는 건 웃음소리뿐이다. 안에서 여자의 목소리가 들렸다.

— 사과해.

뭘 사과하냐고 묻자 말했다.

— 니가 그애랑 여기 왔었던 거 알아.

그녀는 계속 웃고 있었지만 분명 목소리에 점점 힘이 빠져나가고 있었다.

해안 도로에서는 차들이 빠른 속도로 지나갔다. 차 안에서 옆으로 고개만 돌린다면 벗은 그의 모습이 보일 것이다. 그녀가 안에서 말했다.

— 확실히 말해. 걔랑 정말 끝난 건지 말해. 니가 가끔 제주도 간다 그랬을 때 그년이랑 간 거 난 다 알거든.

그녀의 말 사이, 웃음은 사라졌다. 그는 그녀가 알 수도 있을 거란 생각은 했지만 모르길 바랐었다. 그는 현관 앞에서 길을 걷는 어느 남고생과 눈이 마주쳤다. 어쩔 수 없는 일이다. 남자는 현관문을 바라보고 사과했다. 미안하다고 했고 끝난 이야기라고 했다. 여자의 웃는 소리가 들렸다. 그리고 문이 열렸다. 그녀는 한 손으로 눈물을 닦고 다시 의미 없는 웃음을 흘렸다. 안으로 들어온 그가 그녀를 안았다. 그에게는 다시 따뜻한 세계가 열렸고 그녀는 차가운 알몸을 안았다. 열린 현관문으로 초겨울의 바람이 들어왔다. 그녀는 계속 웃으며 눈물을 감췄다. ▥

— — — — — —

가까워지기 위해 우리는 진실을 알기를 원하고 진실에 다가가야 한다고 하지만 가능한 일일까.

사실 서로 간 얼마나 많은 거짓말을 해야 하는지. 선의라는 말은 치우고 서로 간의 지속을 위해서, 한 사람의 상처를 줄이기 위해서, 이미 벌어진 일들을 감추기 위해서 거짓말을 한다. 때로는 진실이 아니라 견고한 거짓말이 관계를 지속시키기도 한다. 진실이 진심을 훼손시킬 때도 있다.

연애는 죄를 부른다. 누와르의 탐정은 진실을 좇지만 드러나는 진실에 보상은 없다. 때문에, 때로는 감추려는 자가 이기길 바란다. ▸

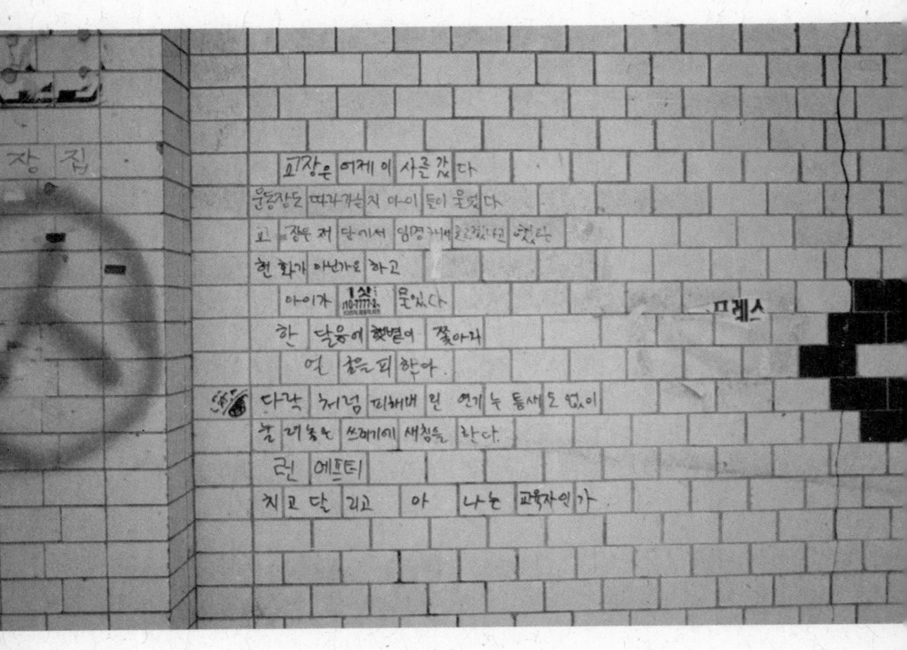
장 집
교장은 어제 이 사를 갔다
운동장도 따라가는지 아이들이 울었다
아이가 물었다
쓰레기에 새침을 한다.
나는 교육자인가
프레스

바람 부는 밤

완강히 버텨보지만 가을바람은 매서웠다. 비바람 때문에 하룻밤 사이 계절이 변할 것 같았다. 그는 그 민감한 날에 여자 둘과 술을 마시며 그럭저럭 계절의 변화를 즐기고 있었는데 한 여자가 전화를 받고 나가는 바람에 김이 새버렸다. 몸에 잘 붙는 정복을 입은, 늘씬한 그녀가 좁은 가게에 붙어 앉은 사람들 틈을 유연하게 빠져나갔다. 그는 급히 인사를 하고 정종집을 먼저 나서는 그녀의 뒷모습과 스커트 밑으로 드러나는 종아리를 아쉬워했다. 남자는 약간 서먹하고 긴장도 없는 상대와 둘이 남는다는 것이 아쉬웠고 이내 자리를 정리하자는 마음을 먹었다. 그때 남아 있던 여자가 자신의 벗은 몸을 사진으로 찍어줄 수 있느냐고 물었다. 그가 취미로 찍은 사진 몇 장을 휴대폰으로 보여주고 나서의 일이다. 정종집 처마에 달려 있는 풍경이 요란스레 울려대고 있었다.

밤거리로 나오자 비는 그쳐 있고 바람은 여전히 세찼다. 몸이 흔들리고 낙엽이 솟아올랐다. 남자는 여자를 보았다. 평범한 얼굴에 옷을 못 입는 스타일이었다. 벌써 겨울이 온 듯한 두터운 점퍼에 운동화는 그렇다 치고, 80년대 영화에서나 보던 디스코풍 청바지의 그녀가 안타까웠다. 미적 욕구가 전혀 없어 보이는 그녀가 왜 누드 사진을 찍어달라고 하는지 의아했다. 그도 그런 상황에서 누군가의 벗은 몸을 찍는 것은 처음이었고 별달리 상상해본 적도 없다. 예전 여자친구의 벗은 몸을 찍은 기억은 있었지만 연인들 사이의 노골적이고 짓궂은 장난일 뿐이었다. 그럼에도 그가 사진을 찍기 위해 그녀의 집으로 가는 것은 일종의 호기심이었다. 낙엽 진 벚나무 가로수길을 같이 걸었다. 인적은 드물었다. 남자는 여자를 살폈는데 그 옷차림 사이에서 몸매를 예측하기는 힘들었다.

그들은 누상동의 오래된 빌라촌 사이로 들어섰다. 낡은 문을 열고 들어서자 겉과는 다르게 온기가 있었고 기분좋은 라벤더 향이 났다. 불을 켜지 않았음에도 가로등 불빛이 거실을 메우고 있었다. 은행나무 그림자가 바람결에 으르렁거렸다. 스탠드 불을 켰다. 여자는 점퍼를 벗었다. 그녀는 검은 스웨터를 입고 있었는데 나름 볼륨감이 있어 보였다. 남자는 카메라를 꺼냈다. 오래된 미놀타 카메라와 거기에 달려 있는 표준렌즈가 전부였다. 쓰다 남은 슬라이드 필름이 열댓 장 있었다. 그는 뭘 찍겠다는 욕심은 없고 호기심만 있었다. 여자는 잠깐 화장실을 다녀오더니 머리를 풀어내리고 그의 앞에서 천천히 옷을 벗기 시작했다. 그녀가 옷을 벗는 동안 그의 호기심은 욕망으로 바뀌었다. 겉옷만큼이나 재미없는 속옷을 입고 있었지만 그 안에는 믿기지 않을 아름다운 육체가 있었다. 그녀는 어둠 속에서 불빛 가까이로 몸을 붙였다. 형태 좋은 젖가슴과 가지런한 음모가 드러났다. 그녀의 알몸은 그가 여태껏 보아왔던 누구보다 아름다웠고 매끈했다. 그녀는 단지 그의 사진 한 장이 마음에 든다는 이유로 이런 모험을 시작한 것일까.

'어쩌면 그 모험은 그녀의 것이 아닌 나의 것이 아닌가.'

그는 생각했다. 그는 성욕을 감추고 어색하게 몇 컷을 찍었다. 낯선 풍경 앞에서 그는 점잖은 척을 했지만 사진이 좋을 것 같지는 않았다.

'감추지 말아야 한다.'

그는 또 생각했다. 그는 그녀에게 다가가 젖가슴에 카메라 렌즈를 댔다.

그녀는 아무 말도 하지 않았다. 더이상 사진을 찍는다는 것은 중요하지 않은 순간이었다. 그녀의 손끝에 발기한 남성이 닿았다. 그의 손끝도 그녀의 매끄러운 곡선에 닿을 수 있었다. 남자는 애초에 사진을 찍는다는 것이 중요하지 않았지만 갑자기 셔터를 누르고 싶었다. 그는 한발 뒤로 물러서서 발기한 채 카메라를 들었다. 프레임 안에 그녀의 몸이 보였다. 그녀의 얼굴은 그늘 속에 들어가 웃고 있었다. 바람이 낡은 창문을 때리는 순간 그는 셔터를 눌렀다. 그녀가 만들어놓은 그의 낯선 세계가 사진에 담겼다. 괜찮은 사진이 되리라. 하지만 그들의 목적지는 다른 곳에 있다. ▥

— — — — — —

나는 스냅 카메라를 좋아한다. 주로 필름 카메라를 쓴다. 황학동에 가면 저렴한 스냅 카메라를 살 수 있다. 이만 원이면 올림푸스 하프 카메라를, 만오천 원이면 태엽 리와인딩 방식의 리코 카메라를 살 수 있다. 호주머니에 넣을 수 있는 카메라를 들면 섹시한 디자인에 빌리 더 키드만큼 빠른 속사 총잡이가 된 기분이다. 가지고 있는 스냅 카메라가 몇 종류 된다. 집에서 나설 때면 그날 읽을 책을 고민해서 가방 안에 넣고 그날 사용할 카메라를 골라서 가방 안에 넣는다. 가지고 나갈 카메라를 고를 때면 지갑 안에 콘돔을 골라 넣으며 각오하던 전의와 어딘지 닮았다는 생각이 든다. ▸

둘은 불이 붙었다. 장마가 끝나지 않는 어느 날 밤, 지린내 나는 적선동 뒷골목 어느 한옥으로 된 고깃집 뒤에서 우비를 입고 했었다. 처마 아래는 한적했지만 담벼락 넘어 고기 타는 냄새가 맡아지고 사람들의 웅성거리는 소리가 들렸다. 우비를 입었음에도 불구하고 엉덩이 사이로 빗물이 스며들었다. 그들은 우비 단추를 잠그고 다소곳이 거리로 나와 경복궁 길을 따라 걸었다. 심야의 버스 안에서 여자는 남자의 지퍼를 열었다. 택시 안에서도 남자의 지퍼는 열렸다. 부산 가는 기차 안에서도 지퍼는 열렸다.

둘은 어느 날인가 사람 많은 음악바에 구겨져 앉아서 서로의 바지 혹은 스커트 안으로 손을 밀어넣은 기억도 있지만 그건 그들의 행위 중 좀 흔하고 남들이 보기에 안쓰러운 추억으로 남아 있다. 하지만 욕정에 눈먼 그들에게 세상 모든 사람들은 유유히 피해나가야 할 스키장의 폴대 같은 것이다. 그들은 그 폴대를 피할 수 있는 곳, 그러면서 그 시선이 곁에 있는 공간들을 찾아다녔다. 그들은 다양한 공간을 만났다. 연고 없는 대학교의 빈 강의실을 찾아다니기도 했다. 고층의 엘리베이터를 오르며 그 짓을 하기도 했다. CCTV를 의식해 후드와 모자를 눌러쓰고는 남자가 뒤에서 여자의 스커트를 올리는 식으로 잠깐의 짜릿함을 즐겼다. 빨래방에서, 공사장에서, 동물원에서, 비수기의 해수욕장 샤워장에서, 남자의 당숙 집에서 그들은 사랑을 나눴다. 습관은 습관을 만들어준다. 카페에 들를 때면 여자는 만약을 위해 꼭 일회용 물티슈를 챙겼고, 남자는 벨트를 매지 않았다.

둘은 머지않아 색다른 공간에 대한 고민을 하기 시작했다. 누군가의 집이 아닌 은밀한 공간은 별로 많지 않았다. 여자는 영화관에서 해보고 싶다고 했다. 생각하기 쉽지만 한 번도 시도하지 않은 곳이었다. 둘 다 그다지 영화를 좋아하지 않기 때문이다. 그들은 재미없는 영화와 인기 없는 시간대를 찾았다. 박스오피스에서 낮은 순위의 영화를 찾아 조조로 예매했다. 이른 아침에 일어나 극장을 가야 한다니 대단히 수고로운 일이지만 그 이른 아침에 둘은 극장 앞 던킨도너츠에서 만나 서로 눈을 마주치며 싱글벙글 웃고 있었다.

그러나 남자는 극장에서 지퍼를 내리지 못했다. 단체 관람을 온 중학생들 사이에 끼여서 둘은 재미없는 영화를 얌전히 봤다. 아쉬웠지만 포기하지 못했다. 극장에서 나와 길을 걷던 중 남자는 조조가 아니더라도 인기가 없을 극장과 영화를 찾아보겠다며 스마트폰으로 무언가를 뒤적거렸다. 곧이어 남자는 웃었다.

겨울비가 내리던 오후, 둘은 상암동으로 갔다. 모노톤의 텅 빈 도시에 가끔 몸을 움츠린 오피스맨들이 지나갔다. 남자는 인터넷으로 상암동에 위치해 있는 옛날 영화를 주로 틀어주는 영화관을 하나 찾아냈다. 그들이 찾는 시간대 즈음엔 사람이 많을 것 같지도 않았다. 그들은 빌딩 지하로 들어가 낯선 극장을 만났다.

예상대로 사람은 없었다. 둘은 영화관에 들어가 불이 꺼지기만 기다렸다. 이내 불이 꺼졌고 남자는 여자의 스커트 사이로 손을 넣을 수 있었다. 여자는 숙련된 손놀림으로 남자의 지퍼를 내렸다. 흑백의 화면으로 서울의 옛 시절들이 들춰졌다. 열린 지퍼 사이로 무언가가 부풀어올랐다. 섬세한 손가락이 핏줄에 닿았다. 여자는 조용히 고개를 숙였다. 남자는 따뜻한 기운을 느끼며 다시 한번 화면을 봤다. 짜릿한 시간은 잠시 머물다 지났고 영화는 끝나지 않았다.

스토리는 놓쳤지만 화면은 흘러가고 있었다. 화면에 펼쳐지는 서울의 지난 자리들을 보던 남자는 생각했다. 은밀한 곳은 얼마 남지 않았다. 비밀의 공간들은 줄고 있다. 반면 저 희뿌연 흑백의 세계 안, 아직 그 은밀함이 존재하는 듯한 지나간 서울의 공간들이 남아 있다. 점점 협소해지는 사각지대와 폴대로 꽉 찬 도시, 벽은 높아지지만 감추어지지 않는 도시와는 다르게. 지나간 영화 안에 남아 있는, 어디론가 사라진 비밀의 자리들. ◫

Pont Neuf

— — — — — — —

영상자료원의 시네마테크는 실제로 노인들이 즐겨 찾는 극장이다. 옛영화들의 회고전을 할 때면 지긋하게 연세가 드신 신사분들이 자리를 메운다. 관계자에게 엿들은 바, 인적 드문 극장에서 뜨거운 행각을 드러내는 커플이 종종 있다. 한번은 극장 귀퉁이에서 노인 커플이 담요를 덮고 사랑을 나눈 적이 있다고 한다. 극장에는 그 노인 커플과 젊은이가 있었는데, 참지 못한 젊은이가 상영관에서 나와 매표소에 항의를 했고, 담요 커플은 극장에서 나와야 했다고. 이야기를 듣다 젊은이가 야속해진 건 왜일까. ▸

중학교 때 〈그로잉 업〉이라는 영화를 본 기억이 있다. 극장 안 장면이 가장 기억에 남는데, 남자가 팝콘박스 밑을 뚫어 자신의 발기된 물건 위에 올려놓는다. 여자가 팝콘을 먹으려 박스 안에 손을 넣다가 화들짝 놀라 남자의 뺨을 때린다. 재기 넘치는 맥가이버급 아이디어였지만 실행에 옮길 생각은 아직 못하고 있다. ▷

CAFE

— — — — — —

영화를 본다는 것에 대한 이야기를 좀더 해보도록 하자. 열세 살의 내가 그 시기에 자가진단했던 바에 의하면 나는 매우 피로했다. 만족스럽지 않고 매사에 짜증이 나 있었다. 연약한 몸이 어서 자라기를, 나이 먹기를 바라고 있었다. 얼른 어른이 되고 부자가 되고 싶었다. 하지만 성인이라는 고지는 저멀리 있었다. 그때 영화를 본다는 것은 나에게 긴밀한 유희였다. 재미가 있든 없든 영화를 본다는 것 자체가 간절했다. 극장으로 달려가거나 친구네 집으로 달려가 비디오 데크에 대여한 테이프를 밀어넣었다. 영화를 보고 싶어 아버지 호주머니에서 돈을 훔치기도 했다. 중학교에 들어가면서 나는 본격적으로 영화 속의 세계를 탐험했다. 일종의 다이빙이었다. 입수를 하면 부드러운 물결이 몸을 감싼다. 온전한 나의 세상에서 아가미로 호흡을 했다. 영화를 보고 난 후, 길을 걷고 밥을 먹으며 그날 본 영화들을 마음속으로 끊임없이 떠올렸다. 나는 스케이트보드를 화려하게 타면서 과거(게다가 미국의 과거)로 가거나 드릴로 좀비의 목을 잘랐다. 때론 사랑을 나눴다. (주로 백인 여자와.) 상상의 기운이 떨어지면 아가미로 호흡하는 게 힘들어졌다. 긴밀한 만큼 유희에 통증이 있었던 것이다. 비좁은 방 안에서 아버지의 코 고는 소리가 시끄럽게 들릴 때면 다시 한번 눈을 질끈 감았다.

우디 앨런은 1985년 미아 패로와 제프 다니엘스를 주인공으로 〈카이로의 붉은 장미〉를 만들었다. 그때는 내가 열 살 무렵이었는데 매우 다행스럽게도 난 이 영화를 성인이라는 고지에 다다라서 보았다. 뒤돌아 생각해보면 어린 시절 나의 상태에서 보기에는 치명적인 영화다.

여주인공 세실리아는 가난한 웨이트리스의 삶과 잔인하고 바람기 넘치는 남편과의 삶 사이에서 극장이라는 위안을 찾는다. 그리고 그 두 시간짜리 도피성 즐거움이 기적을 만들어준다. 스크린 속의 남자주인공이 스크린 밖으로 튀어나와 여자에게 구애를 시작하는 것. 스크린의 경계가 무너지고 영화와 관객의 인터랙티브한 소통이 이어지면서 자못 철학적이면서 경쾌하고 로맨틱한 상황들이 이어진다. 실제 극 중 영화의 제작자와 배우까지 가세하면서 소동극은 정점을 찍는다. 여주인공에게는 견딜 수 없는 현실 외에 두 가지 선택 사항이 주어진다. 영화 속 남자주인공의 구애와 그를 연기한 실제 배우의 구애다. 그녀는 그녀가 할 수 있는 최대한의 현명한 판단을 한다. 하지만 영화 속 영화와 영화 밖 영화가 끝나고 엔딩 타이틀이 나오면, 경쾌한 음악이 너무나 짓궂게 들릴 만큼 허무한 결과에 보는 이도 상흔을 입게 된다. 엔딩 타이틀의 검은 막을 사이에 두고 우리는 영화 바깥으로 눈을 뜨는 것이다.

이 영화의 전략은 잔인하다. 백일몽을 꾸게 하고 그게 사실이라고 믿게 한 다음 한 사람이 선택한 마지막 기회, 그의 현명한 판단을 무너뜨린다. 이 영화가 주는 슬픔은 영화가 끝나고 난 뒤 친구와 커피 한잔에 이야기 나눌 기운을 지웠다. 영화는 그들에게 탈출구 없는 마지막 기회를 주고 그것을 스스로 무너뜨렸다.

그것은 나의 입수, 나의 다이빙을 떠올리게 한다. 포근한 물속을 파고들어 잠수를 하고 물결을 느끼며 그 안에서 호흡했던 시기를. 사실 폐허의 마른 덩굴만 남은 곳, 물이 사라진 풀장이었음에도. ▶

단 잠

그들은 그날 밤 꽤 근사한 영화를 보았다. 그녀에게는 익숙한 영화였고 그에게는 생소한 영화였다. 둘은 광화문 씨네큐브에서 우디 앨런의 영화를 보았다. 둘 다 알 수 없는 먼 곳의 이야기였지만 어쨌든 둘은 좋아했다. 남자는 영화 속 주인공 남녀가 비를 맞으며 걷는 엔딩 장면이 좋다고 했다. 그리고 남자는 영화 속 등장인물인 피츠제럴드며 살바도르 달리에 대해 물었다. 여자는 평소에 독서를 즐겨하는 관계로 몇 가지 이야기들을 해줄 수 있었다.

남자는 오후 세시가 되면 여자가 아르바이트로 일하는 이디야커피숍에 들러 아이스 아메리카노를 마시고는 했다. 그는 아이스 아메리카노라는 것을 그곳에서 처음 마셔보았다. 처음에는 밍숭맹숭하고 씁쓸하니 보리차보다 못한 그 음료를 사람들이 왜 마시는지 도통 이해가 되지 않았지만, 지금은 오후 세시의 갈증에는 자연스럽게 커피가 연상된다.

그가 종로 부근에 맥주를 배달하는 대형 호프집은 주차공간이 넓어서 트럭을 주차해놓고 쉴 수 있는 잠깐의 여유가 있었다. 남자는 이디야커피숍에 들어갈 때마다 책을 읽고 있는 그녀와 마주쳤고 언젠가부턴 서로 가벼운 농담을 했다. 매장 한켠에 버려진 영화 전

단을 손에 든 남자는 용기를 내 데이트 신청을 했고 여자는 받아들였다.

남자는 영화가 끝나고 배달 업체 중 하나인 호프집에 여자를 데리고 갔다. 둘은 많이 취했는데 여자는 모텔에 가고 싶지 않다고 했다. 여자는 남자의 집으로 가길 원했다. 남자는 난처했지만 그녀의 손을 잡고 자신의 집으로 향했다.

그들은 동대문까지 버스를 타고 가서 창신동의 좁은 골목을 올랐다. 여자는 시대와 동떨어진 가난한 동네의 분위기에 놀랐다. 그들은 가로등도 없는 좁은 길을 오르고 또 올랐고 어느 순간 뜬금없이 야산이 나왔다. 검은 숲을 옆에 끼고 으슥한 골목이 계속 이어졌다. 여자는 좁은 골목 그림자 사이를 지날 때마다 소름이 돋았지만 남자의 손을 놓지 않았다. 남자의 푸근한 인상을 믿었다. 둘은 슬레이트 지붕이 얹어진 작은 집 앞에 섰다. 산동네 작은 판잣집이 있는 그곳이 서울 어디라는 것이 믿기지 않았다. 산비탈 너머로 보이는 쇼핑타운들의 불빛을 보고 나서야 안전한 범위에 자신이 있는 걸 알았다. 남자가 사는 집은 단출했다. 문을 열고 들어서면 부엌 하나에 방 하나가 다였고 방은 천장이 내려앉아 서 있을 수 없는 곳이었다. 남자는 선풍기를 켜고 텔레비전을 켰다. 둘은 키스를 하고 남자는 가슴을 더듬었는데, 여자는 순간 남자가 경험이 많지 않음을 알았다. 남자는 서걱거리며 섹스를 했다. 싱거운 섹스가 끝나고 둘은 누워 내려앉은 천장을 보며 많은 이야기를 했다. 저녁때 본 영화 속 파리에 대해 이야기했다. 남자는 배달로 모은 돈이 조금 있고 그것으로 파리에 다녀오고 싶다고 포부를 밝혔다. 단 군대를 다녀오고 난 다음의 이야기다.

그날 밤 비가 내렸다. 슬레이트 지붕 밑의 그들은 세상의 모든 비를 다 맞고 있는 듯한 기분이 들었다. 그녀도 많은 꿈이 있고 지금도 가지고 있는 꿈이 있다. 그날은 그녀의 생일이었다. 자신도 잊고 있었지만 카드사에서 보낸 생일 축하 메시지를 받고 나서야 알았다. 만날 사람이 없었고 그렇게 자신의 서른여덟번째 생일이 끝나가고 있었다. 빗소리를 듣던 여자는 고개를 돌려 어린 남자를 보았다. 그는 천장을 보며 영화 속 파리와 자신의 미래에 대해 이야기하다가 눈을 감았다. 잠든 남자의 옆모습을 한참을 보고 있던 그녀도 이내 잠이 들었다. 그녀는 아늑한 잠으로 빠져들면서 비가 그치는 소리를 들었다. ▥

— — — — — —

손을 꽉 잡고 어둠을 가르는 연인들의 성욕은 항상 멋지다는 생각이 든다. 그들은 손을 꽉 잡고 비에 젖은 밤길을 걸으며, 음식물 냄새 나는 골목을 돌아서며, 인파들의 어깨를 부딪히며 아름다운 세계를 본다. 둘은 같은 공간을 보고 같은 추위를 느끼며 같이 아름답다 느낀다. 새벽이 다 되도록 잠이 오지 않는다. 술은 늦게까지 깨지 않으며 감각은 모두가 살아 있다. 그들은 걷는다. 사랑하기 위해서. ▸

에르메스 뮤지엄

그는 눈을 떴다. 열기와 습도가 어우러져 쉽게 잠들 수 없었다. 오래된 오피스텔이라 장마에 취약했다. 중간이 없는 냉방장치라서 잠들 때 켤 수도 없었다. 그는 일어나자마자 에어컨의 리모컨을 찾았다.

침대 가장자리로 밀쳐낸 이불이 봉긋하게 솟아올라 있었다. 더워서 밀쳐낸 이불 안에 누가 있을 리 없지만 잠시 후 화산섬처럼 솟은 모양의 이불이 움직이기 시작했다. 이불을 밀치고 Y가 일어났다. 그녀는 두터운 바지와 점퍼를 입고 있었다. 쓰고 있던 겨울 털모자를 벗었다. 아득한 얼굴이 드러났다.

—오랜만이야.

그가 안부를 묻자 그녀는 먼길을 왔다는 듯 부산을 떨었다.

—옷이 덥지 않아?
—더워. 다시 가봐야 하는데, 뭐. 겨울 숲이야.
—뭐가?
—엄청나게 춥대. 모두 죽어 있는 것 같지만 사실은 살아 있어.

그녀는 웃었다. 얼굴이 일그러진 채 못생기게 웃고 있었다. 그는 너무나 그리운 얼굴을 본 탓에, 오른손으로 그녀의 뺨을 만졌다. 따뜻한 체온이 느껴지고 그녀의 얼굴이 잠시 붉어졌다. 그는 Y의 입술을 만지고 키스를 했다. 가볍게 입술만 대려고 하다가 깊은 키스를 했다. 그리움이 묻어났다. 입술을 떼니 발간 얼굴이 있었다. 이십 대의 앳된, 그립고 못난 얼굴이 원망을 드러냈다.

그는 다시 열대야를 지나는 곳에서 눈을 떴다. 침대가 땀에 축축하게 젖어 있었다. 리모컨을 찾아 에어컨을 켰다. 냉방장치가 돌고 습기가 급하게 사라진다. 그는 몸을 일으켜 욕실로 갔다. 그는 거울로 자신을 보았다. 아직은 늙지 않았어. 자신을 확인해본다.

그는 강남에서 간단한 약속이 있었다. R과 며칠 전 기억에 없는 섹스를 했는데 그녀가 지갑을 두고 간 덕에 한 번 더 볼 기회가 생겼다. 그는 오후 세시 즈음이 돼서야 광화문 인근의 오피스텔에서 나와 택시를 탔다. 그는 택시 기사에게 1호 터널을 지나지 않고 소월길을 타자고 부탁했다. 남산길의 차창 풍경이 열대의 숲으로 변해 있었다. 열대의 길들을 지나 도산사거리에 도착했을 때 뇌우가 일었다. 버틸 수 없는 무게를 버티다 내려앉은 듯 무서운 폭우가 쏟아졌다. 약속 장소는 도산공원 옆 애슐린이라는 북카페였지만 찾을 경황이 없던 그는 눈에 보이는 대로 에르메스 매장 건물에 들어섰다. 출구에 멍하니 서 있다 홀을 둘러봤다. 홀을 가로지르다 그는 이내 자신과 어울리지 않는 피난처임을 알았다.

폭우는 기세를 멈추지 않았다. 에르메스 건물 내부에도 카페는 있었다. 그는 조심스레 약속 장소를 바꾸자는 메시지를 보내고 홀 계단을 통해 지하에 있는 카페로 내려갔다. 한적한 카페는 바깥과 다른 공기를 지니고 있지만 지하에도 하늘과 통하는 정원이 있고, 창 너머 열대의 풍경이 있었다. 그는 바로 자리에 앉지 않고 카페 내부를 돌아봤다. 편하게 볼 수 있는 사진집들이 카페 한켠에 비치되어 있었다. 여러 작가가 찍은, 파리에 관한 사진집이 가장 좋은 자리에 진열되어 있었다. 안개 가득한 외국의 거리들, 산책하는 개와 노인들의 사진을 봤다. 책장을 넘길수록 인물들은 안개 속으로 사라져갔다. 책장을 덮고 카페를 조금 더 둘러봤다. 둥근 벽을 타고 카페를 돌자 뮤지엄이라는 글자가 보였다. 글자를 따라 창백한 통로를 지나자 전시실이 나왔다. 전시실 입구에서 그는 멈춰 섰다. 하얀빛을 내는 전구와 아크릴, 거울, 전시용 기둥 등의 배치가 산림과도 같은 공간을 만들어냈다. 눈 쌓인 겨울의 삼나무 숲이 연상되는 풍경이 있었다. 공간의 가운데로 들어서자 아무 소리도 없었다. 조용한 숲 가운데에 서자 간밤의 꿈이 이어졌다. 숲길 사이 벤치가 있었다. 자리에 앉자 전시실의 용도가 보였다. 나무기둥의 뒷면에 있던 전시용 프레임이 보였고 전시의 목록들이 눈에 들어왔다. 그는 다시 조용한 겨울 숲에 앉았다. 간밤의 그녀를 떠올렸다. 그녀의 못생긴 웃음을 떠올렸다. 그녀는 나무기둥 어딘가에 숨어 있을 것 같았다.

'모두 죽어 있는 듯하지만 사실은 살아 있어.'

그는 Y와 헤어지고 몇 해 지나 그녀가 실종됐다는 소식을 들었다. 실종이란 어디에도 없이 사라졌다는 것이다. 가족과 친구들에게 안부를 알리지 않은 채 사라져서 나타나지 않았다. 그는 법적인 실종신고 이후 그녀의 행방을 알지 못했다. 죽지도 살아 있지도 않은 상태. 흉흉한 소문이 들려왔다. 그는 소문으로부터 귀를 닫았다. 몇 년이 지났으니 어쩌면 다시 돌아와서 잘 살고 있을 수도 있다. 그는 굳이 뒷이야기들을 묻지 않았다. 알려고도 하지 않았다.

열대의 밤, 사라진 그녀는 겨울에서 왔다. 그립지만 잊혀지던 얼굴의 윤곽이 다시 마음에 새겨졌다. 무거운 비를 피해서 만난 하얀 숲에서 간밤의 꿈으로 다시 걸어들어온 셈이다. 단순한 미로에서 마음의 고통이 불려나왔다. 그는 숲속 벤치에 앉아 고통을 견뎌내고 있었다. 또각또각 힐 소리가 숲을 깨웠다. 전시실 안으로 R이 걸어들어왔다. 하얀 블라우스와 단정한 머리가 비에 젖어 있었다. 그녀는 웃으며 그 앞에 섰다.

— 지갑은 잘 있는 거죠? ▥

- - - - - - -

싫어하는 것 중 하나는 새벽에 이유 없이 눈을 뜨는 것이다. 어두운 육면체의 공간에 누워 두려움을 본다. 옷걸이에 걸린 옷이 괴물로 보이던 어릴 때도 어둠은 두려운 존재였다. 그 두려움이 어느 시기부터 다시 고개를 들었다. 어릴 때 나를 집어삼키려는 존재는 괴물이었지만 지금은 죽음이다. 육면체의 벽들이 조여들어 관이 되는 상상을 한다.

관에 누워 있는 기분을 이기기 위한 노력을 한다. 술이나 물을 적게 먹어 새벽에 깨는 일을 줄이고 피곤하게 잠들려 노력한다. 그리고 건강에 좋은 음식을 챙겨 먹는다. 여생이 늘어나는 기분이 들면서 다가오던 벽들도 다시 멀어진다. ▸

— — — — — — —

일류 호텔의 침대를 사랑한다. 누군가와 함께 누워도 좋지만 혼자 누워도 좋다. 깨끗하게 갈린 시트와 하얀 침구의 느낌이 좋다. 침대에서 헤엄을 칠 수도 있다. 많은 손님을 눕힌 침대였겠지만 티를 내지 않는다. 나만을 위한 공간인 것처럼 대접받는 기분이 든다. 하지만 새로 갈리지 않은 시트와 침구가 있고 두어 시간 전 누군가의 땀이 배었을지 모를 모텔 방 침대에 더 많이 누웠다. 일과 여행을 이유로 지방을 돌아다니며 혹은 몸이 맞는 짝지와 쉴 곳을 찾아 헤매다 이름 모를 모텔들을 찾고 다양한 침대에 누웠다. 네모난 침대, 동그란 침대, 땀내 쉰내가 밴 혹은 힘들어하는 낡은 스프링을 가졌거나 물이 꽉 차 몰캉대는 다양한 생김의 침대들이 있었다. 500원짜리 동전 두 개에 십 분간 웨이브로 넘실거리던 침대도 있었다. 재미있는 침대들도 있었지만 대부분 지친 모습을 하고 있었다. 어느 때는 께름칙했고 어느 때는 상관없었다. 다양한 침대에 누워 다양한 천장을 보는 낮과 밤이었다. 하지만 사람의 인연과는 달리, 좋든 나쁘든 그 침대들이 있는 공간과는 스쳐지나갔다.

하나의 천장 아래서 오랫동안 나와 함께한 침대도 있었다. 좋은 침대가 아니었고 매트리스도 바꾼 적이 없다. 매트리스를 가끔 뒤집어주기는 했다. 내가 누우면 빈자리가 남지 않는 작은 침대였다. 물론 나 혼자만 누워 지내지는 않았다. 문제는 거기에 있다. 낡은 침대는 사연이 많아졌다. 나는 그 사연들을 일일이 신경쓰는 성격이 아니지만 너무 오랫동안 하나의 천장만 보고 살았다는 생각이 들었다. 침대는 지치지 않았지만 나는 지쳐 있었다.

어느 날 심기일전했다. 침대가 바뀌었고 천장이 바뀌었다. 전보다 볕이 잘 드는 곳에서 약간 더 큰 침대를 쓰며 살고 있다. 자주 시트를 갈고 있다. 아직 매트리스를 뒤집은 적은 없다. 창에는 아직 커튼이 없어서 아침이면 창문을 타고 들어온 빛들이 침대를 돌아다니다가 눈을 찡그리게 한다. 그 시간이면 나는 이불 안으로 숨어들거나 잠에서 깬다.

요즘은 일어나도 한동안 침대에 있고는 한다. 침대에 기대어 창문 너머 풍경 보는 것을 즐긴다. 책을 읽기도 하고 노트북으로 작업을 할 때도 있다. 가끔 커피를 마시기도 한다. 그사이 커피를 쏟아서 얼룩이 생기기도 했지만 괜찮다. 침대에 기대어 창문 너머 바람에 숨을 쉬는 나무 이파리들의 소리를 듣고 있노라면 내가 그리운 침대에 살고 있기를 바라게 된다. ▶

8월

그녀들은 보통 세시에 왔다. 한 명은 등짝까지 내려온 긴 생머리를, 한 명은 붉은 컬러의 숏컷을 하고 있었다. 한 명은 힐을, 한 명은 단화를 즐겨 신는다. 긴 머리의 키 큰 여자가 힐을 신는다는 게 재밌다. 숏팬츠를 즐긴다는 게 그들의 유일한 공통점이다. 그들은 항상 바깥 테이블에 앉는다. 날이 더워도 실내로 들어오지 않는다. 아마도 숏컷의 그녀가 담배를 태우기 때문일 것이다.

내가 효자동 펍에서 일한 건 5월부터, 그녀들을 처음 본 건 6월 중순 즈음이다. '퍼블릭'이라는 이름을 가진, 효자동 인근에서는 제법 이름이 난 술집이다. 사람들은 다양한 맥주를 즐기기 위해 한적한 주택가 골목 사이에 이 술집을 자주 찾는다. 넓지 않은 정사각형의 공간에 짙은 갈색 테이블이 열 개 남짓 있고 밤색과 검은색의 요소가 나머지 인테리어의 색상을 차지하고 있으며 천장에서 내리워진 백열등이 사람들의 얼굴을 붉게 태우기 위해 낮이나 밤이나 켜져 있다. 오븐과 가스레인지의 열기가 가라앉지 않는 주방이 홀과 터진 채 구석에 있다. 밤에는 꽤나 붐비는 곳이지만 내가 일하는 시간은 한가한 때가 많다. 나는 낮 한시부터 일곱시까지만 아르바이트를 했다. 손님이 없는 시간이기 때문에 가게를 주로 혼자 지킨다. 자매 둘이 가게 주인이고 언니가 영화 프로듀서를 하고 있다고 들었다. 바빠서 그런지 주말을 제외하고는 주인들이 낮에 들르는 일은 별로 없다. 난 나이에 비해 알바 경험이 많고 일을 제법 하는 편이라 사장들의 신임을 금방 얻었다.

구석진 모퉁이, 주방 앞 카운터에 서서 야외 테이블에 앉아 있는 손님 두 명을 보는 것은 매우 즐거운 일이다. 그들을 상대로 야한 생각을 즐겼다. 처음엔 긴 머리 여자와 사랑을 나누는 상상을 했고 숏컷 여자가 나한테 말을 한번 걸어준 이후로는 주로 숏컷 여자와의 행위를 상상했다. 주방 뒷문에 터져 있는 뜰로 데리고 가거나 건물 옆 2층 화장실로 데리고 가서 사랑을 나눴다. 때로는 둘 다와 사랑을 나눴다.

그들은 낮에도 술을 즐겼는데 한번은 취해서 나에게 장난을 걸었다. 때문에 난 다음부터 그녀들이 모히토를 주문하면 평상시보다 많은 럼을 섞었다. 두번째 잔에는 더 많은 럼과 시럽을 섞었다. 그녀들은 취했고 더위를 견딜 수 없었다. 그녀들은 8월의 기후와 습도, 그리고 나의 계산된 럼 서비스를 이기지 못하고 흐느적거리며 실내로 들어왔다. 그녀들은 시원함을 즐겼고 나를 향해 웃었다. 머리 긴 여자는 물티슈로 가슴께 번들거리는 땀을 닦았다. 난 그녀들의 손을 잡고 주방 뒤켠으로 들어가는 상상을 했다. 긴 머리 여자는 맥

주를 꺼내려 냉장고로 걸어갔다. 갑자기 그녀는 휘청이다 발을 겹질렸다. 힐이 꺾이고 그녀는 쓰러지지 않으려 테이블을 잡았다. 그녀는 쪼그려 앉아 벌어진 힐의 뒤축을 잡았고, 둘은 깔깔 웃어댔다. 긴 머리 여자는 구두 수선하는 곳을 묻더니 바깥으로 나갔다. 펍 안에는 숏컷의 그녀와 나만 남았다. 그녀는 맛있는 맥주를 물었고 나는 발라스트 IPA와 하와이산 빅웨이브의 인기가 좋다는 이야기를 해줬다. 그녀는 발라스트로 목을 축였다. 난 용기를 내서 말을 걸었다. 주방 뒤뜰에 그늘이 좋고 재떨이가 있다고 말했다. 그러고 그녀를 뒤뜰로 데리고 갔다. 간이의자에 그녀가 앉았다. 뒤뜰은 담으로 둘러져 있고 좁디좁은 틈과 같은 공간이지만 그 사이 죽은 고목이 있고 살구나무 한 그루가 자라고 있다. 그리고 흙과 이끼가 있는 곳이다. 그녀는 이끼 가득한 벽 앞에 자리를 잡았다. 그녀는 담배를 물었다. 그녀의 담배가 모두 연기로 타들어가기 전 나는 하나의 용기가 더 필요했다. 그녀의 입술에서 담배 연기가 퍼져나왔다. 연기가 그늘을 지나 담 너머의 별 사이로 사라졌다. 그녀는 무릎 사이에 작은 라이터를 넣고는 무릎을 비비며 가벼운 장난을 쳤다. 가느다란 손가락 사이에서 재가 떨어졌다. 그녀는 다시 한번 연기를 뱉었다. 연기가 사라지기 전까지도 용기가 불러일으켜지지 않았다.

바 내부에서 인기척이 들렸다. 자매 중 어린 쪽, 작은 사장이 도착해 있었다. 나와 숏컷이 뒤뜰을 지나 주방에서 나오는 게 이상해 보인 눈치였지만 뭐라고 하지는 않았다. 작은 사장은 일곱 살 정도 연상이었지만 내 또래로 보일 만큼 어린 외모를 가지고 있고 말수가 없는 편이다. 작은 사장은 허전한 홀을 음악으로 채웠다. 해가 떨어지지 않았지만 작은 사장이 음악을 틀자 저녁이 되는 기분이 들었다. 긴 머리는 힐을 고쳐서 왔고 일곱시가 지났다. 난 퇴근을 하고 두 여자와 거리로 나왔다.

우리는 체부동의 먹거리 시장으로 들어섰다. 시장통 중간 즈음 계단집에 들러, 좁다란 주점 형광등 아래서 전과 소주, 맥주를 시켰다. 맥주잔 안에 소주잔이 소용돌이쳤고 여자들은 곧잘 웃었다. 더 이상 긴 머리 여자를 상상하지 않았다. 난 숏컷의 입술만 보았다. 숏컷은 안주를 많이 먹지 않는다. 그녀는 얇은 담배를 빨고 술잔으로 입술을 축인다. 우리는 이야기를 했다. 그녀들은 나처럼 보드 타는 것을 좋아했고 인공 눈이 날리는 겨울 스키장에서의 활강을 그리워했다. 사실 난 지난겨울 스키장 보드 대여소에서 아르바이트를 해봤을 뿐이지만 그 덕에 보드를 익힐 수는 있었다. 그곳에서 여자와 처음 자봤다. 어떻게 뭘 했는지는 기억에 없다. 난 애송이가 맞지만 보드도 여자도 빨리 익힌다고 믿는다. 난 그녀들 앞에서 보드를 잘 타는 것처럼, 또 여자들과 많이 만난 것처럼 허풍을 떨었고 그 말들이 먹히는 것 같아 우쭐했다. 그녀들의 나이가 네댓 살 많았지만 상관은 없다. 그녀들의 살갗과 땀, 숏팬츠와 미끈한 다리들. 술

잔 안의 소용돌이와 뜨거운 입술들. 우리는 다시 길로 나왔다. 밤은 무르익었고 슬프게도 내 지갑은 텅 비었다. 긴 머리가 안주를 너무 많이 먹었기 때문이다. 긴 머리는 취해서 몸을 가누지 못한다. 그건 그녀의 소용돌이 안에 유독 소주가 많았던 탓이다. 난 머리가 좋다.

긴 머리 그녀를 택시에 실었고 밤거리에는 숏컷과 나만 남았다. 숏컷은 나를 향해 웃었다. 그녀에게 몸을 붙였다. 웃으며 텅 빈 지갑을 고백했다. 그녀는 내 손을 잡고 다시 체부동의 시장 길을 걸어들어갔다. 길 사이를 지나면 어느 모퉁이 불 꺼진 주택가와 시장통이 연결되어 있다. 그 틈에 들어서서 여자는 담배에 불을 붙였다. 골목 어디에선가 음식 썩는 냄새가 났고 기분좋던 여자들의 냄새는 사라졌다. 그녀는 쪼그려 앉아 담배를 피워대며 웃었다. 길고양이가 주차된 차 밑에서 가르릉이며 어두운 소리를 낸다. 난 그녀를 가만히 내려보다가 지퍼를 내리고 그녀의 얼굴 앞에 내 물건을 내밀었다. 그녀는 웃었다. 깔깔댔다. 고약한 냄새가 난다고 했다. 그녀는 여름이 끔찍하다고 한숨을 쉬었다. 나도 낄낄거렸다. 내 물건을 바지 안에 다시 고이 넣어뒀다.

그녀는 어딘가에 전화를 걸었다. 그녀의 가느다란 손 아래에서 담배는 다시 재가 되었고 그녀는 몸을 일으켰다. 큰길로 그녀를 배웅했다. 그럴듯한 차가 왔고 재미없게 생긴 남자가 타고 있었다. 숏컷은 차에 탔다. 난 그녀가 탄 쪽 창 안으로 고개를 들이밀었다. 남자가 나를 봤다. 남자를 향해 웃었다. 비싼 가죽 냄새가 났고 시원한 바람이 목덜미의 땀을 차게 만들었다. 그녀의 몸에선 다시 좋은 냄새가 나고 있었다. 난 고개를 뺐고 차창은 부드럽게 올라갔다. 차는 출발했다. 어두워진 지 오래지만 아스팔트의 열기는 남았다. 여름 또한 길게 남았다. 취기도 떠나지 않는다. 난 체부동의 그 골목으로 다시 걸어갔다. 역겨운 냄새가 났다. 난 다시 지퍼를 열었다. 그리고 연기가 사라진 그곳에, 흩어진 재들 위에, 오줌을 갈겼다. ▥

가뭄에 콩 나듯 하고, 성공해도 형편없는 섹스뿐임에도, 시도를 멈추지 않던 이십대는 가질 수 없는 게 너무나 많은 때였다. 술에 취해 실패한 욕구를 땅바닥에 게워내고 취한 몸을 끌고 새벽길을 지나다. 그 거리에서 나랑 자주지 않을 그녀들을 마주치면 내 안에 스산한 악마가 들었다. 다행히 그 악마는 공상 안에서 살았다.

시간이 지나고 운좋게 좋은 연애와 좋은 섹스를 했다. 이십대보단 확실히 지금이 낫다. 다만 남자분들은 아시겠지만, 그때는 술에 취하면 오래하는 섹스를 기대했다. 지금은 술에 많이 취할 때마다 발기에 문제가 없기를 바랄 뿐이다. ▸

볼링센타
P
2268-8448
011-779-8441

벽

통의동에는 재미있는 벽들이 많다. 좁은 골목들 사이 수많은 벽들이 있지만 발이 지치기 전에 모든 골목을 돌아볼 수 있다. 구식 양옥들과 층이 높지 않은 연립주택들, 귀해지는 한옥들 사이에 좁은 골목들이 느린 시간과 함께 수로처럼 흐르고 있다. 오래전부터 살던 늙은이, 그곳에서 태어난 아이들, 이주해온 젊은이들이 그곳에 산다. 느린 수로 사이 그 정취 때문에 여행객 또한 지난다. 그래서 가끔 여행객들이 카메라를 든 채로 골목을 헤매고, 여행객이 묵는 거처도 생겼다.

그 동네로 이주한 젊은이 한 명은 어느 날 아침 골목들 사이 다양한 벽들을 사진으로 남기고 싶어졌다. 그가 담배 피우던 노란 벽이 어느 날 사라졌고, 골목 사이 두 달을 머문 옷가게 또한 무슨 탓인지 자리를 비운 걸 본 다음 그는 사진으로 벽을 남기기로 했다. 빈 가게에는 덩그러니 벌거벗은 여자 마네킹 몇 개만 남아 있었다. 남자는 붉은 벽돌벽 앞에 마네킹을 세우고 사진을 찍었다. 그다음엔 놀이터 옆 검은 곰팡이가 핀 진회색 벽 앞에 마네킹을 세우고 사진을 찍었다. 나무 그림자 사이 볕이 일렁거리는 공사장 철판 벽면 앞에 마네킹을 세울 때는 밀짚모자를 씌웠다. 그는 거리에 재활

용 의류함을 뒤져 바이올렛 꽃무늬 원피스를 찾아내 마네킹에 입혔다. 더운 정오가 지나고 있었다. 마네킹을 짊어지고 어느 골목을 지날 때 근처에 있는 갤러리에서 한 떼의 관람객들이 쏟아져나오고 있었다. 관람객들은 벽 앞에 마네킹을 세우고 휴대폰을 이용해 열심의 모양새로 사진을 찍는 그의 모습을 보았다. 관람객들은 남자의 열정적인 뒷모습을 카메라로 남기기 시작했는데, 그때 요란하게 뇌우가 일었다. 기후의 변화가 다양한 여름의 한때였다. 소나기가 쏟아지고 관람객들은 갤러리 안으로 다시 숨어들었지만 남자는 마네킹과 함께 있었으므로 자리를 떠나지 않았다. 남자는 마네킹을 다시 어깨에 메고 다른 골목을 찾았다. 그는 비를 맞으며 벽을 찾았다. 철근이 시멘트를 뚫고 올라와 울타리를 만들어낸, 창백한 회색 벽면 앞에 마네킹을 세웠다. 그사이 다시 해는 떠올랐지만 남자는 다 젖은 채로 마네킹과 벽을 찍는 데 여념이 없다. 햇볕에 마네킹의 대머리가 반짝거렸다. 아슬하게 붙어 있던 팔 하나가 떨어졌다. 남자는 팔을 다시 붙여보려다 여의치 않자 바로 포기하고는 원피스를 벗겼다. 맨살이 드러났다. 남자는 마침 길을 관광하던 중국 여자에게 입은 옷을 빌려달라고 했다. 다행히 여자는 남자의 말을 알아듣지 못하고 들고 있던 제법 무거워 보이는 카메라를 남자에게 주었다. 중국 여자는 마네킹 옆에 서서 카메라를 향해 브이를 만들었다. 중국 여자가 골목 끝으로 사라지고 남자는 근처 쓰레기봉투를 뒤졌다. 마땅한 것이 없자 남자는 자신의 티셔츠를 벗어 마네킹에 입혔다.

어느새 낮의 빛은 지붕을 넘고 좁은 골목에 어둠이 먼저 닿았다. 가로등이 켜지고 벽들은 모양을 달리했다. 가끔 사람들이 드나들면 벌거벗은 남자는 팔이 떨어진 마네킹을 들고 벽 틈 어딘가로 숨었다. 그러고 사람들이 빠지면 남자는 마네킹을 안고 슬금슬금 골목으로 나와 그녀를 벽에 세우고 사진을 찍는다. 마네킹은 옷을 입었고 남자는 알몸이다.

— 신발은 거대한 사기야. 이렇게 뜨거운 땅을 모를 수 있다니.

남자는 마네킹에게 말을 걸었다.

남자는 맨발로 골목을 뛰었다. 인기척이 들리면 그는 발걸음을 멈추었다. 하지만 뜨거운 바닥을 견딜 수 없어 까치발을 들었다. 그리고 다시 거리가 조용해지면 그 고요함을 유지한 채 뜀박질을 했다. 누런 털이 붙은 길고양이 한 마리도 조용히 골목을 뛰고 담을 넘었다. 남자의 맨발은 다양한 블록과 잡풀이 돋아난 시멘트 땅을 뛰어다녔다. 잠시 후 그녀의 매끈한 다리도 그의 발을 좇았다. 두 명의 맨 발은 고요한 밤길을 깨우지 않고 달렸다. 어느 벽 벚나무 그림자 사이 두 남녀의 그림자가 멈췄다. 두 그림자는 조용히 숨을 몰아쉬었다. 잠시 후 두 그림자는 다시 달리기 시작했다. 벽을 뛰다가 벽을 타고 벽으로 스몄다. 두 개의 숨소리가 달리고 쉬는 것을 계속 한다. 남자는 들고양이를 흉내내 담을 뛰어넘었다. 뒤따라 넘던 여자는 발끝에 전신줄이 걸렸다. 여자는 담 밑으로 곤두박질쳤고 나머지 팔 하나가 부서졌다. 남자는 그녀를 일으켜세웠다. 두 팔이 없는 여자와 벌거벗은 남자는 다시 골목을 뛰었다. 골목은 끝난데 없이 이어졌지만 어느새 땅이 식고 골목도 작아졌다.

새벽, 어둠은 푸르게 눈을 뜨고 둘은 텅 빈 옷가게 안으로 다시 들어왔다. 남자는 땀을 흘렸지만 여자는 땀을 흘리지 않았다. 남자는 여자의 윗옷을 벗겼다. 팔이 없기 때문에 쉽게 벗길 수 있었다. 남자는 버려진 마네킹 더미들 사이에서 팔을 두 개 뽑아 들었다. 여자의 몸에 다시 팔을 끼워 넣었다. 여자는 팔이 생기자 고맙다는 듯 한 손으로 남자의 뺨을 만졌다.

남자는 다시 옷을 입었다. 골목에는 햇볕이 들어오고 있었다. 이른 시간 사람들 몇몇이 골목을 지났다. 스포츠머리의 젊은 남자가 우유를 배달했다. 옷가게에는 볕이 들지 않았다. 골목 사이, 작은 빌딩 옆에 붙어 있는 낡은 한옥의 대문이 열리고, 마르고 뒤틀린 고목 같은 노인이 나무의자를 가지고 나왔다. 노인은 빈 가게 앞에 의자를 놓고 등을 댔다. 남자는 숍에서 나와 노인 옆에 섰다. 노인이 담배를 물고 남자도 담배를 물었다. 남자는 느린 걸음으로 골목 끝 큰길로 빠져나갔다. 바삐 차들이 지나는 길에 서서 남자는 골목을 돌아보았다. 그 길의 끝, 노인은 여전히 담배를 태우고 있었다. ▥

– – – – – –

어릴 적, 빳빳한 책받침으로 코팅된, 바닷가 위에 서서 해가 지는 곳 너머를 돌아보는 여자의 나체 사진이 있었다. 책받침에 성기를 문대본 적이 있다. 동생이 가지고 놀던 미미 인형의 가랑이를 벌리고 사이에 손가락을 얹어놓기도 했다. 버려진 마네킹의 가슴을 만지고 두근거린 기억도 있다. 움직이지 않는 그녀들은 쉽게 나를 받아들였다. 그녀들을 살아 숨쉬게 하는 건 나의 상상력이다. 상상력을 그럴듯하게 만들기 위해서는 세부 장식이 필요하다. 깊고 자세히 묘사해서 그녀의 생명을 조각해낸다. 성기를 문대기 위해 드라마를 만들어내고 그 드라마 안에서 숨이 생기고 감정이 생기고 관계가 만들어진다. 공상을 하다보면 나의 빈 데가 드러났다. 두둥실 떠오르고 가라앉는 것을 계속 하는 동안 나는 무언가를 자각한다. 멀리 가도 나를 떠나지 않으며 그 빈 곳에서 채워야 할 것을 알아가면서. ▷

노란빛 사이

그는 먼저 복학한 친구들을 만나기 위해 오랜만에 학교에 들렀다. 제대 후 학교에 와보니 별달리 바뀐 것은 없었지만 스타벅스니 커피빈과 같은, 그전에는 보이지 않던 브랜드 커피숍들이 들어서 있었다. 커피빈 2층에 올라가자 그럭저럭 괜찮은 풍경이 보였다. 넓은 전면창 너머로 은행나무들이 반듯이 서 있었다. 찾아온 가을에 은행잎들이 노랗게 젖는 중이었고, 지는 햇살이 나뭇잎들 사이를 찰랑이며 넘어들었다. 그는 딱딱하고 작은 나무의자에 어색하니 앉아 계속 편한 자세를 찾았다. 친구들을 기다리다가 지루해졌다. 카페의 넓은 홀의 어린 여학생들을 구경해보기도 했지만 시간이 지나자 그 홀의 분위기와 더불어 자신도 노랗게 익어가는 것 같았다. 그러다 왼편으로 고개를 돌렸을 때 그는 뚜렷한 이목구비의 한 사람을 발견했다. 다소 안 어울리는 진한 화장을 하고 있었음에도 얼굴에 고상함이 있다고 생각했다. 그녀는 테이블 한켠에 자리잡고 아무것도 하지 않았다. 진한 화장에 머리를 틀어올린 모습이 식을 막 끝낸 신부 같은 생김이었다. 얼굴에도, 화장에도, 어울리지 않는 아이보리색 실크 소재의 원피스를 입고 있었는데 하단이 짧아 곧은 다리가 드러났다. 그는 카페에 남자가 자기 혼자라는 것에 안도감을 느꼈다. 잡지를 뒤적이는 척 고개를 돌리며, 혹은 허리를 펴며, 그녀에게 눈을 돌렸다. 그녀는 다른 움직임 없이 가끔 다리의 위치만 바꾸었다. 그녀는 원피스와 비슷한 색상의 하이힐을 신고 있었고 다리를 기울일 때 그녀의 두 복숭아뼈가 야릇하게 부딪히는 것이 보였다. 매끈한 살결의 긴 종아리를 한참 따라 올라가야 그녀의 무릎이 보였다. 그가 무심코 그녀의 무릎을 보고 있을 때 그녀는 다시 한 번 다리를 움직였다. 움직임이 크지는 않았고 살짝 다리를 벌릴 뿐이었지만 그는 잠깐 놀랐다. 고개를 숙이고 자신이 본 것을 곰곰이 생각해보다가 그는 다시 고개를 들었다. 그녀의 다리 사이는 아직 열려 있었고 그 약간의 틈 사이에서 적나라하게 그녀의 음부가 보였다. 그는 놀라 다시 고개를 돌렸다. 카페의 다른 사람들은 그녀에게도 그리고 그에게도 관심이 없다. 소란스런 카페의 소리들이 있었고 노란 광선 너머 진한 화장을 하고 팬티를 입지 않은 여자가 자신을 향해 다리를 벌리고 있다. 그녀는 아무 행동도 하고 있지 않다. 하지만 그는 그것이 그녀의 의도일까를 생각했다. 잠시 후 그녀는 다시 다리 사이를 좁혔고 두 복숭아뼈가 다시 맞닿았다. 그녀는 작은 클러치 백을 한 손에 쥐고 자리에서 일어났다. 느린 걸음으로 계단을 내려갔고 그도 곧이어 일어났다.

그는 복잡한 거리로 나와 그녀를 쫓았다. 사람들 너머 그녀가 걸어가는 것이 보였다. 건널목에 몰려 있던 사람들 덕에 그는 잠시 그녀와 매우 가까이 있을 수 있었다. 그녀는 좋은 향수를 썼다. 그녀의 차림 중 가장 그녀와 어울렸다. 제법 차가운 바람을 타고 말아지는 냄새 안에서 공기와 실크, 부드러운 살결과 성기의 이미지들이 각인됐다. 그녀는 국철이 지나는 역전을 걸어가다 건널목 앞에서 방향을 틀더니 철로 옆 샛길로 빠졌다. 번화가와 인적이 드문 골목이 급작스럽게 이어졌다. 그는 잠깐 고민했지만 바로 그녀의 뒤를 쫓았다. 그는 그 한적한 철로 옆 골목을 걸으며 그녀가 자신의 존재를 알 수밖에 없다고 생각했다. 하지만 그녀는 뒤를 돌아보지 않고, 그 느린 속도도 바꾸지 않고 계속 걸었다. '중학생 시절 통학길 자전거를 타고 가다 마주쳤던, 젊고 아름다운 미친 여자'가 갑자기 떠올랐다. 기억 속 '아름다웠던 미친 여자'는 길 한복판에서 한쪽 가슴을 드러내고 엉엉 울고 있었다.

어쨌든 그는 그녀가 가는 길을 조용히 따랐다. 앞서가던 그녀는 조용한 골목, 철로 사이를 넘어갈 수 있게 해주는 작은 육교로 올랐다. 육교 계단을 따라 오를 때, 그는 다시 한번 그녀의 그곳을 볼 수 있는 절호의 기회를 가졌지만, 사람 없는 그곳에서 약간의 죄책감이 들었다. 고개를 올리지 못했다. 육교 위로 오르자 바람이 불었다. 밑으로 여러 개의 철로가 있었다. 잠시 후 전철 하나가 그 위를 지났다. 멀리 러시아의 궁을 닮은 예식장이 보였고 그 너머에서 해가 눕고 있었다. 작은 육교 위에는 그와 그녀만 있었다. 그녀는 육교 귀퉁이에 서서 전철 아래를 내려다봤다. 둘 사이에 거리가 있었음에도 바람을 타고 그녀의 향수 냄새가 맡아졌다. 누운 햇살이 얇은 원피스 속을 지나며 그녀의 몸을 보여줬다. 그녀는 육교 난간에 기대어 그를 바라봤다. 그리곤 핸드백을 들지 않은 손으로 원피스 아랫단을 쥐었다. 그녀는 천천히 원피스를 올렸다. 그녀의 다리와 음모와 배꼽이 차례대로 드러났다. 그녀의 살결에 가을녘의 붉은빛이 닿았다. 그는 빛이 닿는 그곳을 노골적으로 보았다.

부풀어오른 듯한 그녀의 음모가 붉은 노을에 닿은 채로 바람결에 아름답게 흔들리고 있었다. ▥

실제로 아름다웠던 미친 여자를 기억한다. 젊은 여자는 흰자위를 올리고 고래고래 소리를 지르고 침을 흘렸다. 인적 드문 골목이었지만 사람들은 멈춰서 그 여자를 봤다. 여자는 휘청거리며 니트를 벗었다. 욕을 하면서 가슴을 드러냈다. 하얗고 큰 젖가슴이 출렁거렸다. 지나던 아주머니가 그녀의 몸을 감쌌다. 하지만 여자는 벗는 것을 멈추지 않았다. 내 두 눈은 여자의 벗은 몸을 좇았다. 여자는 고양이처럼 울면서 골목 어디론가 걸어갔다. 그녀의 냄새인지 그 거리에는 좋은 냄새가 남아 있었다.

당시 덜떨어진 중학생이었던지라, 다음날 학교에 가서 미친년 가슴을 봤네, 한참 친구들에게 떠들어댔다. 그녀에게 배어 있던 좋은 냄새와 슬픔을 이야기하지는 않았다. 그녀의 아름다움을 말하지 못했다. ▸

그녀의 손

그녀는 코가 매우 컸다. 흉하다고 볼 수는 없지만 예쁘장한 외모에 약간 넘치는 코였다. 덕분에 그가 키스를 하기 위해선 평소보다 얼굴을 더 틀어야 했다. 그가 조심스레 그녀의 가슴에 손을 대자 그녀는 얕은 신음을 뱉더니 그의 바짓가랑이 사이에 작은 손을 올려놓았다.

여자는 긴 생머리에 반듯한 생김새지만 남들보다 약간 큰 코가 그로테스크하고 성적인 분위기를 만들어놓았다. 사실 그 야릇한 분위기는 둘이 만날 때마다 취해 있었기 때문이기도 하다. 여자의 손은 능숙하게 남자의 지퍼를 내렸고, 팬티의 밴드 사이로 가느다란 손가락을 넣었다. 그녀는 잠깐 주변의 눈치를 살피더니 남자의 목에 얼굴을 묻고 손가락을 움직이기 시작했다. 스물두 살의 얼치기 남자는 그닥 여자 경험이 없었고 쉽게 흥분했다. 여자의 부드러운 진행은 고조를 타고 속도를 낸다. 남자는 사정을 했고 여자는 테이블 위에 티슈를 꺼내 자신의 손가락 하나하나를 닦고 반지를 꼈다. 여자는 담배에 불을 붙이고는 마룬5의 애덤 리바인 이야기를 꺼냈다. 두 살 연상의 그녀는 사실 애덤 리바인의 광신도였다.

그는 어느 날 야심한 시각, 술에서 깨기 위해 카페로 들어갔다가 그녀와 처음 만났다. 아는 일행의 무리에 섞여 있던 그녀와 이야기를 시작하게 되었는데 어쩌다 둘만 남게 되었다. 이런저런 이야기를 하다 키스를 하게 되고 성적인 무드가 이어졌지만 그 이상의 관계로 가진 않았다. 하지만 그들은 종종 만나게 되었다. 그리고 대신 그들이 만난 자리, 그곳이 카페든 치킨집이든 주변의 사람들이 엄폐되는 공간 혹은 각도에서 여자가 남자의 바지 속에 손을 넣는 것이 그들의 마무리였다.

어쨌든 시간은 지났다. 그들의 기억이 아득했을 때쯤 남자는 여자의 연락을 받았다. 휴대폰으로 온 그저 안부 문자였다. 남자는 여자의 작고 차가운 손이 떠올랐다. 며칠이 지나고 눈 내리는 어느 신년에 종로에서 취해버린 남자는 집으로 돌아가지 않고 그녀에게 전화를 했다. 그녀의 손을 기대하면서. 다행인지 그녀 또한 취해 있었다. 그녀는 이태원 클럽 b1에서 새해를 보내고 있다고 했다. 얼치기 남자는 취한 몸을 끌고 이태원에 입성했다. 사람들에게 b1의 위치를 묻고는 함박눈을 헤치며 생소한 거리를 걸었다. 남자는 고지가 멀지 않았던, 해밀턴 호텔 앞 빙판에 고꾸라져 턱이 깨졌고 피가 조금 났지만 취기 덕분에 아픔을 견뎠다.

클럽 앞에서 둘은 근 일 년 만에 재회했다. 경리단 근처 이자카야에 들어갔고 여자는 남자의 깨진 턱을 조금 걱정했다. 남자는 여자의 섬세한 손을 기대했지만 여자는 대화를 이어나갔다. 여자는 꿈에 다가가고 있다고 말했다. 애덤 리바인과 자신이 조금 더 가까워졌다고. 애덤 리바인과 같이 작업하며 친분을 과시하는 세션과 사귄다고 했고, 앞으로의 포부와 주도면밀한 계획을 밝혔다. 그는 이자카야에서 나와 겨울 거리 한복판에서 그녀의 새 남자친구를 만났다. 뮤지션보다는 이종 격투기 선수가 어울리는 대머리 백인이었다. 그들은 잠시 어색한 인사를 했다. 그리고 그는 눈 내리는 경리단, 대머리와 팔짱을 끼고 건널목을 건너던 그녀를 바라본다. 마지막 미소와 함께 자신을 향해 흔들던 그녀의 작은 손을. ▥

– – – – – – –

카페 둥지에서 가끔 세상을 지우는 커플들을 볼 때가 있다. 세상은 존재하나 그들의 눈에는 존재하지 않는다. 그들의 손이 상대의 옷 속에 들어 있기 때문이다. 자웅동체 혹은 완성체 바바리맨 같은 그들의 행동은 보통 주변을 부끄럽게 하지만 난 이해해주려는 편이다. 그럼에도 한번은 끝내 조절을 하지 못한 커플이 내 뒷자리에 있었고, 그들이 자리에서 일어났을 때 불쾌한 기분이 들고 말았다. 왜 남자는 밤꽃 향일까. 라벤더 향이면 서로 간 좋을 텐데. ▷

갸 위 바 위 보

그녀의 다리가 그의 다리를 감았다. 따뜻한 삽입을 너와 내가 함께 하다니. 기적 같은 생각이 들었다. 그녀는 다리를 벌리고 소리를 질렀다. 그는 두 손으로 그녀의 양쪽 허벅지를 움켜쥐었다. 검고 탄력 있는 살갗이 손바닥에 닿았다. 그리고 그는 꿈에서 깼다.

잠자리에서 일어나 간밤의 꿈을 떠올린 그는 민망해졌다. 섹슈얼한 관계가 전혀 없었던, 오랜 벗과 다름없는 후배와 꿈자리에서 그 짓을 한 것이다. 그는 그날 직장에서 따분한 오전을 보내고 회사 야외 휴게실에 나와 자판기 커피를 뽑아 마시다가, 올해의 첫 가을바람이 헤치고 다니는 그 쓸쓸한 공터에서 문득 꿈속의 살결을 떠올렸다. 한밤의 꿈속 경험이 둘 사이에 없었던 감정을 불러일으켰다. 그는 그 후배님과 동아리에서 처음 만나고는, 어느덧 십 년 가까이의 시간이 지날 때까지 이성적 긴장 없는 오누이처럼 그럭저럭 잘 지내왔다. 후배가 신입생이었던 첫해, 그 귀여운 외모에 호감이 없었던 것은 아니지만 사연이 많아지다보니 친밀감만 남았다. 그럼에도 그는 오늘 그녀와 자꾸만 자는 상상이 든다. 이것은 다 자신의 수평계가 깨진 것 때문이다, 라고 그는 생각했다. 그는 커피를 홀짝거리며 그녀에게 안부 문자를 보냈다. 그리고 그날 밤 약속을 잡았다.

둘은 인사동의 좁다란 골목 사이 막걸릿집에서 만났다. 그들은 동아리 모임에서 보기도 했고 간간이 둘이 만날 때도 있었지만 연애상담을 해본 기억은 없다. 하지만 그날은 자연스레 연애이야기로 대화를 이어나갔고 그는 그녀의 실패한 연애들을 들었다. 그리고 그는 왠지 그녀의 수평계에도 이상이 있음을 감지했다. 대화의 주제가 연애에서 섹스로 넘어가는 것은 간단한 차선 변경처럼 쉬웠다.

— 넌 자주 느끼는 편이야?

시간차 빠른 공격 후,

— 네. 전 할 때마다 느끼는 것 같아요.

예상 외의 속도감 있는 전개.

달큰한 취기에 둘은 서로의 손 사이즈를 재거나 발 사이즈를 재어본다. 난데없이 키도 재어봤다. 대화 내용에 있어서 더이상의 차선변경은 없다. 남자는 그녀 너머 창문에 비치는 자신의 얼굴을 잠깐 본다. 자신의 초라함을 목격했지만 간밤의 꿈은 아직까지 달리고 있다. 그는 그녀에게 가위바위보를 하자고 했다. 흐트러진 두 남녀의 눈과 손, 어깨. 시야에 보이는 모든 것이 어지러웠다.

— 내가 이기면 우리는 오늘 자는 거야. 니가 이기면 집에 가는 걸로 하자.

— 비기면요?

— 그럼 키스만?

남자는 스스로가 병신 같았지만 불행히도 꿈은 달려간다. 남자는 누가 멈춰주기를 바라는 마음도 있다.

— 그러면요…….

여자가 입을 뗀다. 그녀의 눈은 갑자기 뚜렷해졌다.

— 전 가위를 내겠습니다. 꼭 가위를 낼 거예요.

그녀는 장난기 어린 얼굴로 생글생글 웃고 있다.

남자는 곰곰이 생각을 하기 시작한다. 찰나의 시간에 생각은 깊어진다. ▥

\- - - - - -

룰렛이라는 게임을 좋아한다. 자크 드미의 〈천사들의 해안〉이라는 영화의 낭만이 깃든 이유다. 영화에는 승운이 좋은 남자가 나온다. 행운이 떠나지 않는 남자는 룰렛을 떠도는 공 하나에 자신의 모든 칩을 거는 여자(잔 모로 분)를 만나게 된다. 도박중독에 빠진 여자를 사랑하게 된 남자는 승운을 잃어가고 가난해진다.

순식간에 인생이 너울지는 게임을 할 자신은 없지만, 승률을 점치고 숫자 위에 칩을 올려놓으며 룰렛판을 회전하는 공을 따라 돌고 있노라면 그 짧은 시간에 기대와 성취 여부가 결정된다는 짜릿함을 느낄 수 있다. 짧은 기다림에 모든 것이 끝이 난다. 인생을 건 기나긴 도박의 지리멸렬함 앞에 기다림 없는 게임은 다른 매력이 있다. 모든 칩을 소진하고 하나의 칩만 남으면 단 하나의 숫자에 기대를 건다. 1/38의 확률에 38배의 기대. 남은 건, 기사회생하거나 잔 모로를 사랑하는 남자가 되거나. ▸

혀

그는 찝찝한 '찰나의 쾌락'이 끝나자마자 그녀의 얼굴을 봤다. 그녀는 긴 혀를 아직도 날름거리고 있었다. 흘깃 그를 올려다보며 그의 분비물들을 입으로 해치우고 있었다. 욕구가 잠시 멈춘 남자는 그녀의 머리를 움켜쥐고 날름거리는 얼굴을 떼어놓고 싶었지만 그녀는 그의 눈치를 보며 악착같이 붙어 있었다. 그는 눈을 내리깔고 가만히 그녀의 얼굴을 보았다. 그녀의 얼굴을 주먹으로 한 대 내려치고 싶었다. 하지만 이미 그녀는 한쪽 얼굴이 잔뜩 부어 있었다.

그는 그녀와의 관계를 정리한 적이 있었다. 지속된 몇 가지 거짓말 때문이다.

그는 조용히 그녀를 그녀의 남자친구에게 돌려보냈고(그녀는 오랫동안 연애를 한 남자친구가 있다) 그녀의 남자친구에게 전화를 걸어 그가 모르는 몇 가지 사실을 전해주었다. 그리고 한나절이 지나기 전 그녀는 다시 그의 오피스텔을 찾아왔다. 얼굴에는 시퍼런 멍이 발라진 채로 일그러진 얼굴의 그녀가 문을 열자마자 욕을 해댔다.

일 년 전 즈음의 그는 행복하다는 생각을 종종 했던 것 같다. 결혼할 여자도 있었고, 운영하던 작은 술집도 매상이 좋았다. 혼자 운영해도 될 좁은 술집이었지만 갑작스레 사람이 넘쳤다. 약혼녀는 어느 날 아르바이트생으로 자기 학교 후배를 소개시켜줬고 그 살가운 인상의 후배는 며칠 지나지 않아 그를 바에 앉혀놓고는 약혼녀 몰래 오럴섹스를 해줬다.

길지 않은 시간에 그는 균형이 깨졌다. 그는 더이상 결혼 계획이 없었고 술집도 그의 것이 아니었다. 텅 빈 오피스텔과 욕심 많고 오럴섹스 잘하는 여자와의 어지러운 정만 남았을 뿐이다.

그녀의 휴대폰이 연신 울려대더니 곧바로 그에게도 전화가 왔다. 여자는 전화를 받지 말아달라고 울면서 빌었다. 그녀의 남자친구로부터 육두문자와 함께 오피스텔로 찾아오겠다는 문자가 왔다. 답답해진 남자는 그녀에게 바람이나 쐬러 나가자 했다.

그들은 목적지 없는 드라이브를 했다. 차는 공항 가는 도로를 탔다. 영종도의 검은 진흙들이 풍경으로 지났다. 공항의 불빛들이 가까워지자 그들은 어두운 샛길로 빠졌다. 길들을 헤매다 조용한 해변 근처 흔들리는 전구로 만들어진 집들을 봤다. 가설재로 지어진 얼기설기한 조개구잇집들이 크리스마스트리처럼 화려한 전구들에 싸여 있었고 천막들이 거친 바람에 제멋대로 나부끼고 있었다. 조악한 페인트 간판에 마시안 해변이라 써 있었다. 그들은 차를 세우고 마시안 해변의 겨울 해수욕장을 걸었다. 드넓은 해변에 불빛들은 먼 간격을 두고 있었다. 밤하늘에 거대한 비행기가 지나갔다. 그녀는 그의 팔짱을 꼈다. 그는 짜증이 났지만 내색하지 않았다. 검은 건물이 바람에 울고 있었다. 해수욕을 위해 천막으로 만들어진 샤워장이었다. 그들은 샤워장 안으로 몰래 들어갔다. 은밀함을 방해하듯 바람들이 천막 바깥에서 웅성거리고 있었다. 기분 나쁜 수군거림에 남자는 불편해졌다. 여자는 웃으며 남자의 품으로 파고들었다. 남자는 여자의 얼굴을 봤다. 그녀의 뺨과 목을 만졌다. 차갑던 손이 따뜻해졌다. 그는 어둠 속에서 그녀의 가는 목을 세게 쥐었다. 그녀의 뱀 같은 혀가 길게 길게 나왔다. 그의 턱에 닿을 만큼. ⊞

— — — — — —

겨울이 들어서는 것인지, 어느 밤 소란스러워 잠에서 깼다. 베란다에 달았던 풍경을 떼어놓을까 잠시 생각했다. 커튼을 치우니 창 아래 가로수 낙엽들이 우주로 빨려들어가고 있었다. 남아 있는 계절을 데려가는 중이었다.
계절을 바꾸는 바람에 벌거벗는 나무를 보고 있자면 바람에 관한 신화가 왜 많은지, 사람들이 왜 메마른 나무에 전구를 감아놓는지도 알겠다. ▶

헬
SK Telecom
한음
피아노
서울

대설

그녀는 모처럼의 휴가를 집에서 보냈다. 청소를 하고 인스턴트 푸드보다 조금 나은 정도의 간단한 요리를 해놓기도 하고 고양이와 종일토록 놀면서 하루를 보냈지만 시간은 느리게 갔다. 중국에서 사온 일품 보이차를 뜨겁게 끓여서 보온병에 담고 있을 때 눈이 내리기 시작했다. 창밖의 작은 정원 같은 베란다에 순식간 눈이 쌓였다. 옥상 겸 베란다의 구조가 거실과 붙어 있어서 거실에서 창밖을 보자면 눈 오는 마당을 보는 것과 다를 것이 없었다. 베란다에 내어놓은 화분들과 슬리퍼 위로 눈들이 덮이고 도시의 소음들이 주택가 저멀리 밀려났다. 휴대폰을 연신 들여다보았지만 연락 오는 곳은 없었다. 눈에 들뜨던 고양이도 이내 노곤한 표정을 하고 바구니 안으로 들어갔다.

그녀는 그에게 전화를 하고 싶었지만 주저했다. 휴대폰으로 전화를 한다는 것이 미안한 결과를 낳을까 걱정했다. 그녀는 코트를 입고 바깥으로 나가서 한적한 거리 사이 공중전화를 찾았다. 필요 이상의 세심함이지만 성격상 어쩔 수 없다. 눈길에 뒤뚱거리는 남자들을 구경하며 전화를 걸었다. 그의 휴대폰은 꺼져 있었다. 그녀는 음성사서함에 그가 오지 않아도 된다고 메시지를 남겼다. 그녀는 편의

점에서 담배를 하나 산 후 돌아오는 길에 다시 전화를 걸었다. 이번에는 음성사서함에 꼭 와달라는 부탁을 남겼다.

그녀는 거실에 불을 켜지 않은 채 저녁을 맞았다. 내리는 눈 탓에 그리 어둡지는 않았다. 소파에 조용히 앉아 담배를 태웠다.

기록적인 폭설은 항상 겨울 끄트머리에서 경신된다. 그들이 약속했던 날 폭설이 내리고 있었다. 덕분에 그에게 소식이 없는 탓을 할 수도 있어 다행이라고 그녀는 생각했다. 그가 결혼을 하고 뉴욕으로 넘어간 것이 삼 년 전이다. 결혼하기 전까지 그와 그녀의 관계는 꾸준히 이어졌었다. 그가 결혼을 하고 난 후에도 관계는 이어졌다. 서로 연락을 자주 하지는 않았지만 그녀가 뉴욕에 가서 한 번, 그가 한국으로 출장을 와서 두 번 함께 지냈다. 하지만 이번에는 사정이 나빴다. 조금 긴 출장이었지만 그는 아내와 함께 출장을 왔고 속초에서 워크숍을 진행하고 있었다. 어쨌든 그에게 연락은 왔고 하루 정도 시간을 내어볼 수 있을 것 같다는 불확실한 약속을 잡았다. 불확실한 약속과 폭설 탓을 하고 기분 나빠지지 말자며 스스로를 다독여보지만 이미 어긋나고 있었다.

거실 불을 켜고 저녁을 먹으려다 그녀는 다시 코트를 입었다. 그녀는 다시 길로 나왔다. 눈은 멈추지 않았고 덕분에 세상은 느려지거나 멈춰졌다. 골목과 도시의 경계가 없어졌다. 사람들은 종종걸음으로 숨어들 곳을 찾았다. 그녀는 공중전화 부스에 서서 그에게 전화를 걸었다. 그리고 저멀리 뒤뚱거리며 걸어오는 그를 보았다. 그도 그녀를 금방 알아보았다. 그는 활짝 웃으며 걸어왔다. 그의 얼굴이 눈앞으로 다가왔다. 잔주름이 더 멋지게 변한 것 같았다. 그가 늦은 이유는 다행하게도 그녀가 가진 가장 긍정적인 예상인, 폭설과 배터리 문제일 뿐이었다.

둘은 눈으로 만든 터널 같은 길을 지났다. 새로 생긴 길을 탐험하는 기분으로 집으로 돌아왔다. 그녀는 먼저 보이차를 한잔 주고 싶어 보온병의 뚜껑을 돌렸다. 그는 외투를 벗어 소파에 던져놓고는 거울을 한번 봤다. 자기가 늙는 속도가 더 빠른 것 같다며 걱정을 했다. 그는 뒤에서 그녀를 안더니 두껍고 큰 손을 그녀의 배에 얹었다. 젖은 눈 냄새가 저릿하게 맡아졌다. 그의 따뜻한 손이 스웨터 안쪽을 파고들더니 배꼽을 훑고는 아래로 내려왔다. 그녀는 몸을 돌려 그를 떨쳐내었다. 들키기 싫었다. 이미 너무 젖었다. 눈에 흠뻑 젖은 그의 몰골보다도 더. 스스로도 믿기지 않을 만큼 그녀의 아래가.

그녀는 아끼는 잔을 꺼내어 보이차를 따랐다. 그는 고개를 돌려 눈 내리는 풍경을 바라보았다. 베란다 옥상에 매어 있는 빨랫줄과 집게들이 무게를 못 이기고 한바탕 눈들을 털어냈다. 그 외의 세상의 움직임은 없었다. ▣

— — — — — — —

크리스마스나 새해가 제일 힘든 사람은 사실 솔로가 아니라 양다리 연애자다. 피곤하지 않으려면 멀리 출장을 가거나 지구를 지키는 일뿐. ▷

대관람차

일주일간의 모든 일정이 마무리되었다. 고베와 교토에서 많은 셀렉트숍을 소개받아 새로운 디자인 브랜드를 연결해주는 일이었다. 긴장이 풀렸고 귀국 전에 하루의 여유가 있었다.

둘은 기차역에서 빠져나와 해질녘의 그림자를 길게 끌고는 우메다의 지하철로 향했다. 지하보도에는 수많은 사람들이 있었다. 번잡한 보도 한켠에 가판으로 만든 것 같은 쿠시카츠 가게가 있었다. 때가 탄 노렌 사이로 사람들이 촘촘히 보였다. 노렌을 걷고 들어가자, 분주함은 그 안에서도 이어져 있었다. 사람들은 길쭉한 바에 서서 쿠시카츠를 바쁘게 먹고 있었고 아직 해가 붙어 있음에도 불구하고 다들 맥주를 마시고 있었다. 대다수는 나이든 남자들이었고 혼자 와서 먹는 듯했다. 모두들 꼬치와 술을 분주하게 먹고 마시고 있었다. 나이든 점원 세 명이 열심히 기름에 쿠시카츠를 튀기고 있었다.

휩쓸리듯 들어간 그 자리에서 그와 그녀도 맥주를 시켰다. 두툼한 몰트 맥주병이 나왔다. 둘은 말없이 또한 허겁지겁 술과 음식을 먹었다. 맥주 두 병이 순식간에 비워졌다. 접시가 비자 둘은 바로 계산을 했고 들어올 때처럼 휩쓸리듯 천 밖으로 내몰렸다. 통로에는 퇴근길의 사람들로 가득찼고 그 복잡한 거리에서 남자는 취했다는 것을 알았다.

둘은 숙소가 같은 층에 있었다. 호텔 엘리베이터를 타고 오르다 그는 갑자기 그녀의 뺨을 만졌다. 그녀가 가만히 있었기 때문에 그들은 같은 방으로 들어갔다. 그들은 침대에 앉아 서로의 자극적인 침냄새를 맡았고 남자는 스커트 사이로 손을 밀어넣었다. 손가락이 따뜻해졌다. 그녀가 살짝 저항을 했다. 그는 멈추지 않을 수도 있었지만 예의 있게 손가락을 뺐다. '어차피 하루가 남았고 자게 될 것이다'라고 그는 생각했다.

그는 일주일의 시간을 점진적으로 노력해왔다. 여자는 연애를 하고 있었지만 그는 오랜 연애의 허점을 알기에 기대를 해보았다. 여자는 천천히 결혼 준비를 하고 있다는 이야기를 했고 긴 연애에 대한 피곤함도 이야기했다. 그에게는 최적의 상대였다. 그는 일주일 동안 차를 마시며 밥을 먹으며 그 피곤함에 대한 이야기를 자상하게 들어주었으며 가끔은 상대 남자의 편을 들어서 그녀가 방어적인 입장에서 변명을 늘어놓게 했다. 그녀의 외로움은 증폭되었다. 덕분에 마지막 날 그의 의도는 꽃을 피운 것이다. 그는 오늘 그녀와 잘 수 있게 됐다. 물론 그녀의 결혼식 날 두툼한 축의금을 넣을 생각이다. 더이상의 목적은 없고 이미 그는 손가락 하나에도 포만감을 느꼈다. 남은 밤을 천천히 즐기기만 하면 된다. 남자는 숙소를 벗어나 한잔

더 하자고 했다. 둘은 다시 우메다 거리로 나섰고 어느 하이볼 바에 들러 여러 종류의 하이볼을 마셨다. 그들은 재밌게 취했다.

숙소로 들어가기 위해 역전의 좁은 거리로 나왔고, 길을 걷다 여자는 웃으며 하늘을 가리켰다. 도심 사이 헵파이브의 거대한 관람차가 보였다. 관람차가 천천히 돌고 붉은빛의 조명이 전체를 메우고 있었다. 남자가 보기엔 거대하고 붉은 혀 같았다. 여자는 관람차를 타고 싶다고 했다. 둘은 팔짱을 끼고 관람차 승강장으로 올랐다. 천 엔을 내고 탑승권 두 장을 샀다. 입장하기에 앞서 커플 사진을 찍는 포토존이 있었다. 남자는 탐탁지 않았지만 커플 사진에 응했다. 그들은 거대한 혀 안으로 들어갔다. 좁은 내부에 마주보고 앉았다. 둘은 웃을 수밖에 없었다. 서로 웃다가 남자는 여자의 등뒤에서 아이폰 데크를 발견했다. 그곳에 아이폰을 꽂으면 내부의 스피커로 음악을 들을 수 있는 것이다. 음악을 틀었다. 내부에 음악이 차올랐다. 붉은빛이 오르내렸다. 야경이 펼쳐지고 여자는 신나서 소리를 질렀다. 상승의 정점에서 레이철 야마가타의 〈오버 앤 오버〉가 흘러나왔다. 둘은 몸을 건들거리며 노래를 따라 불렀다. 그녀는 창에 얼굴을 대고 관람차가 상륙하는 곳을 바라봤다. 그는 잠시 그 순간이 아름답다고 생각했다. 하지만 작은 방은 육지로 내려왔고 음악은 중간에 끊어졌다. 그들은 움직이는 땅에서 움직이지 않는 땅으로 내려왔다. 퇴장구를 나서면 직원이 둘의 모습을 찍은 사진엽서를 보여준다. 천 엔을 주고 살 수도 있다. 사지 않는다면 쓰레기통에 버려질 것이다. 그는 천 엔을 주고 사진을 샀다. 그녀에게 기념으로 가지겠다고 했다. 그녀는 조용히 그의 팔짱을 꼈다. 그들은 거리에 나왔다. 그리고 그들은 움직이는 땅 위를 걸었다. ▣

— — — — — —

어느 겨울, 유럽의 거리. 이국의 먼 땅에서 보도를 걷다가 고개를 들자 가파른 모양새로 대관람차가 보였다. 느릿하고 화려하게 돌아가고 있었다. 내가 서서 고개를 올리고 있자 그녀도 따라 보고 있었다. 아직 친해지지 못한 우리는 어색한 모양새로 녹지 않은 길을 다시 걸어갔다.

일 년쯤 지나 우리는 부산 광안리에서 대관람차를 탈 수 있었다. 가장 높은 곳으로 올랐다가 순식간에 내려온다. 우리가 가진 방은 아름다운 것을 보여줬지만 방문이 열리자 세상에서 가장 짧은 여행과 함께 거리로 내몰렸다.

우리는 궤도를 벗어나지 못하는 작은 배를 탔을 뿐이다. 문이 열릴 때 내리지 않으면 다시 오를 수 있지만 이미 보고 지난 것들을 다시 볼 의미가 없다. ▶

절 정

그녀는 돌아오지 않을 남편의 빈자리를 채울 사람이 필요했다. 그녀는 잘난 남편 덕에 병신 같은 나날을 보냈다. 평범한 내과 의사였던 남편은 결혼하고 몇 해 지나지 않아서 어쭙잖은 방송에 몇 번 출연하더니 멀쩡한 허우대와 알량한 화술로 여자들을 만나기 시작했다. 겉으로만 도는 남편에게 지쳐갔지만 그녀는 불행히 남편을 매우 사랑하고 있었다. 자존감이 무너지는 스스로의 상황을 견디기 위해 아이러니하게도 자애로운 감정을 키웠다. 남편도 자애로운 아내에 죄책감을 가지고 살았기 때문에 둘의 부부생활은 계속될 수 있었다.

그녀에게도 남자가 생긴 건 일 년 전쯤 일이다. 불안감에 안절부절못하던 나날 중 카페에 멍하니 앉아 감정을 삭이다가 카페 주인과 눈이 맞았다. 처음에는 남편과 닮은 눈매에 마음이 갔다. 옅어지는 스스로에 대한 보완책이었지만 일종의 반항심리에서 그녀는 더이상 나아가지 못했다. 그와의 섹스는 체온감 외에 만족이 없었다. 여자는 사실 몇 해 동안 오르가슴이 없었다. 게으르고 자신에게 관심이 없는 남편과의 관계에서 오르가슴을 느끼기는 어려웠고,

반항심리의 외도 또한 그녀에게 해결책이 될 수 없었기 때문에 불안감의 와중에 절정을 느끼기 힘들었다. 남편의 빈자리를 채운 남자는 바람피우기 좋은 상대라기보단 인간적인 면이 있었다. 주로 섹스를 위해 만났지만 식사를 하고 커피를 마시고 이야기를 했다. 남자는 책과 음악에 대한 이해의 폭이 넓었고 그녀가 보기에 그는 남편과 다르게 그것들을 자랑하지 않았고, 이야기를 하기보단 이야기를 듣는 깊은 성품이 있었다. 그렇게 남자에 대한 마음이 열려가다가도 여전히 부재한 남편의 자리를 인식하면 남자와의 자리가 외로워졌다. 자신만큼이나 미온한 남자에게 싫증이 나기도 하고 어쨌건 남자답고 자신만만한 남편의 태도가 낫다는 생각을 했다. 무엇보다 남편과 만들어놓은 자리에서 자신이 사라지고 있다는 것이 참을 수 없었다. 여자의 시름과 방황은 끝나지 않았다. 섹스가 끝나고 남자의 가슴에 엎드려 있던 여자는 결국 이별을 고했다. 남편에게 돌아가겠다고 했다. 남자는 여전히 미온한 반응으로 이별을 받아들였다. 그 순간 여자는 남자의 가슴께서 좋은 냄새를 맡았다. 맡아본 적 없지만 그리운 냄새였다. 그리고 그들은 다시 보지 않았다.

어느 날 남편이 취해서 들어왔다. 한껏 슬픈 눈을 하고는 그녀를 바라봤다. 침대에 누워 그녀의 얼굴을 어루만지더니 '너에게 잘하고 싶다'고 말했다. 다시 잘해보자며 남편은 눈물을 흘렸다. 남편은 아득한 전에도 몇 번 그랬었다. 그때는 진심으로 남편을 안았지만 더

이상 그러고 싶은 맘이 없었다. 둘은 섹스를 했다. 남편은 키스를 했고 아내의 젖가슴을 헤집었다. 여자는 순간 그 남자의 체온이 그리웠다. 마지막 맡았던 그 남자의 냄새를 맡고 싶었다. 여자는 남편의 가슴을 깨물었다. 그리고 헤어진 남자를 생각했다. 몸이 데워졌다. 남자의 얼굴이 떠올랐다. 같이 걷던 길이, 그의 표정이 그려졌다. 여자는 남편을 올라탔다. 앉은 채 가랑이를 벌리고 몸을 휘저었다. 눈을 감고 그의 몸을 상상했다. 그녀는 절정으로 온몸이 출렁거렸다. 소리를 질렀다. 그리고 이름을 불렀다. 그리운 사람의 이름을. ◫

\- - - - - - -

권선징악 따위는, 신의 가호나 신의 비난은 믿지 않게 된다. '눈에는 눈, 이에는 이'를 믿는 편이다. 베푼 대로 돌아온다는 말을 나쁜 방향에서 믿는다. 그것은 인간이 인간에게 주고받는 일들이기 때문이다. 죄는 양심에 남지 않는다. 죄는 인간에 남고 기억은 관계에 영향을 미친다.

하지만 결국 사람은 복수나 보은에 도달하지 못하는 경우가 많다. 흘러가는 시간은 망각 혹은 용서를 낳고, 망각은 복수의 의지보다 강하다. ▸

안 드 로 메 다

그들은 섹스와 함께 일 년을 보냈다. 그들은 호기심이 넘쳤고 매번 새로운 걸 배워갔다. 옷을 벗을 수 있는 다양한 장소를 찾아다녔다. 옷을 채 벗을 수 없는 공간도 애호했다. 비 오는 어느 날인가는 충정로의 빌딩 사이 에어컨 실외기 옆에서도 사랑을 나눴다. 그에게는 발기와 텐션을 잃지 않은 젊은 날이었고 그녀는 작은 몸에도 관능이 넘쳐 있었다. 그리고 그녀는 엄청나게 유연했다. 그녀는 믿기지 않을 유연함을 섹스에 요긴하게 썼다. 그들은 매우 유려한 섹스를 했는데, 둘 중 하나는 섹스에 재능이 있는 것이다.

그들은 자기들만의 세계를 구축했다. 그녀는 그들의 섹스가 아이스 댄싱을 닮았다고 생각했고, 그는 군대 제식훈련에서 배운 총검 16개 동작을 떠올렸다. 그들의 동작은 일사불란하고 능숙했다. 인간의 범위를 실험해보는 체위도 가미되었다. 그들은 세상 누구보다 빨리 서고 빨리 젖었다.

— 올림픽에 나가보고 싶어.

그녀가 한 말이다.

그들에게도 섹스 이외의 드라마가 있었지만 그 나머지들은 약했다. 모든 동작이 능숙해지고 발전이 없자 그들의 관계도 끝이 보였다. 그는 어느 날 그녀의 몸에서 이상한 냄새가 난다고 느꼈다. 보통은 섹스가 끝난 다음에 냄새가 났는데 얼마 지나지 않아 섹스하기 전부터 몸에서 냄새가 났다. 그리고 끝이었다.

그는 머지않아 다른 여자를 만났다. 일 년 동안 배운 유려한 섹스기술로 자신이 신이 된 줄 알았다. 신이 아니라 해도 오르가슴 전도사 정도는 되지 않을까 했다. 하지만 그의 다음 연애들은 그가 그렇게 자신 있어하는 '섹스'라는 대목에서 발목을 잡혔다. 그가 자랑스러워했던 체위의 연계동작을 해나갈 때마다 상대방은 기겁을 했다. 그의 기호는 인간이 가진 보통의 행위 너머에 있었다. 이후로 몇 명의 상대를 만나면서 그가 시도하는 모든 행위들이 일반적인 시선에서 '혐오'로 분류되는 걸 알게 되었다. 만족할 수도 만족시킬 수도 없는 삶이 이어졌다. 그는 다시 평범한 섹스를 배워야 했다.

십 년이 지났고 평범한 삶을 이어가는 그는 문득 그때를 떠올려본다. 안드로메다식 섹스와 많이 유연했던 그녀를. ▥

영혼의 교감도 길이가 있다. 천일야화를 즐길 수 있을 것 같던 그들의 대화도 언젠가는 끝이 있고 소통은 줄어간다. 하잘것없어 보이는 취미의 공유는 은근히 오래갈 수 있다. 홍어를 좋아한다거나 스쿠버다이빙을 한다거나 혹은 경마 같은 위험한 기호를 공유하는 것도 영혼의 교감만큼 긴밀한 유대를 만들어낸다. 어느 날 홍어를 싫어하는 것은 어렵겠지만 돈 떨어지고도 경마를 계속할 수는 없을 것이다. 취미의 유대도 언젠가는 끝이 난다. 그 이후 서로 대화를 할 수 있다면, 반대로 대화가 사라진 관계를 스쿠버다이빙으로 메워볼 수 있지 않을까. ▶

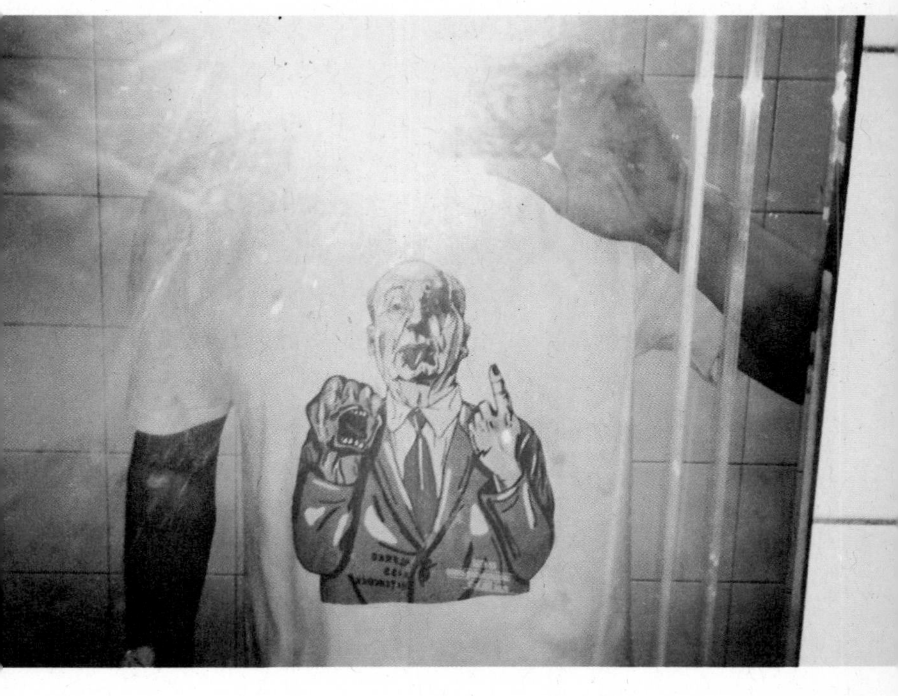

두 개의 몸

내가 유사 성행위를 처음 해본 건 아홉 살 무렵이었다. 우리 가족이 여러 가구가 사는 개량식 한옥에 단칸방으로 세들어 있을 때였고 상대는 그 주인집 딸이었다. 그녀는 고등학교를 막 졸업하고 당시에 별달리 하는 일은 없었던 것 같다. 그녀는 곧잘 나를 돌보아주었다. 우리 가족들에게 사근사근했고 친절한 성격이라 어머니가 좋아했었다. 그녀와 난 그녀의 방에서 자주 놀았다. 그녀는 이불 안에서 나를 안고 있는 것을 좋아했는데 어느 날인가 이불 안에서 내 옷을 다 벗겼다. 그녀 또한 옷을 다 벗고는 이불 안에서 오랫동안 나를 안고 있었다. 우리는 반나절을 그렇게 있었다.

우리가 알몸이던 어느 때, 그녀는 자신의 벗은 몸 이곳저곳을 나에게 만져보게 시켰다. 가랑이를 벌린 채 자신의 그곳에 내 얼굴을 가져다대었다. 냄새를 맡게 했는데 처음에는 거부감이 있었지만 그녀가 좋아하는 것을 해주고 싶었기 때문에 시키는 대로 하였다. 손가락을 끈끈한 그녀의 음부에 가져다대던 생각도 난다.

우리 가족은 얼마 지나지 않아 이사를 했다. 이사라고 해봐야 가난한 동네를 벗어나지 못했다. 리어카에 짐을 싣고 좀더 윗동네나

다음 골목으로 옮기는 식이었다. 중학교 때도 그 동네에서 크게 벗어나지 못했다. 중학교에 들어가기 전 그녀와 난 때때로 마주쳤지만 나는 열심히 그녀를 피해 다녔다. 그래도 그녀가 싫은 건 아니었다. 사실 그때의 나는 가끔 그녀의 가랑이 사이에 코를 처박는 상상을 했다. 자위라는 걸 배웠을 무렵에는 그녀의 얼굴을 더욱더 자주 떠올릴 수 있었다. 하지만 그녀의 얼굴을 볼 일은 점점 드물어졌다.

중학교 2학년 무렵 목욕탕 앞에서 나오는 그녀와 마주친 적이 있다. 근 몇 년 만의 일이었다. 그녀는 나에게 인사를 했다. 나는 용기를 내어 그녀와 말을 이어갔다. 당시 그녀는 그곳에 살고 있지 않은 듯 잠깐 집에 들른 거라 했다. 그녀는 인사가 끝나자 발길을 돌렸고 나는 그녀의 발길을 따랐다. 나는 말없이 우리가 살던 아랫동네까지 쫓아갔다. 그곳은 내가 당시에 살던 동네와 멀지 않았지만 별달리 가볼 일이 없었다. 그녀는 우리가 살았던 집으로 들어가려 했다. 불과 몇 년 사이 그 집은 머릿속에서 상상했던 것보다 더 작고 낡아 있었다. 좁디좁은 골목을 지나 낡은 철문 앞에서 나는 머뭇거렸다. 그녀는 의아한 얼굴로 나를 보았다. 나는 우리의 비밀을 기억한다고 했다. 그녀의 얼굴이 일그러졌다. 난 그녀와 함께 그 낡은 철대문 안으로 들어가고 싶었지만 표정을 읽을 수 있는 나이가 되었다. 골목을 빠져나왔다. 골목 끝 배나무가 있던 부잣집도 여전히 있었다. 용기 있는 동네 형들은 그 집에서 설익은 배를 서리했다. 용하다던 보살집도 여전히 있었다. 손끝에 닿지 않던 점집의 깃

발이 어느덧 손에 닿았다. 오르막길을 뛰어올랐다. 일그러진 그녀의 얼굴을 머릿속에서 지워보려 했다. 뭉개고 싶었다. 배나무 너머 좁디좁은 골목 낡은 철문을 으스러뜨리고 싶었다. 가장 먼 곳으로 벗어나고 싶었지만 그 집은 지척이었다. 내 발은 오르막길을 뛰어오르고 있지만 동네는, 비탈은, 자꾸만 흘러내린다. ▣

— — — — — —

너와 나의 문제 사이, 그와 그녀의 문제 사이, 어지러운 정으로 비롯되는 윤리적인 고민들은 세상의 법으로 묻는 윤리적 잣대와는 다르게 간다. 한 명의 정신을 추악하게 훼손하는 짓에 법적인 제재를 가할 수 없고, 법의 심판을 받아야 할 일들이 벌어졌음에도 당사자들 사이에는 가해자도 피해자도 없는 경우가 있다. 또는 죄를 지었으나 그 죄를 받은 사람이 없는 경우.

그는 나의 것을 훔쳤으나 나는 얻었고, 그는 나를 때렸으나 나는 시원할 수도 있다. 나는 해방되었으나 그는 죄의식을 안고 산다. ▸

그녀가 뒤로 하는 것을 좋아한다고 말했을 때부터 그는 줄곧 그녀와의 후배위를 생각했다. 술자리에서 무리지어 시시껄렁한 음담패설을 즐기고 서로의 성적인 기호를 나누다 평소 조용하던 그녀가 과감히 말한 것이다. 그는 머지않아 그녀와 후배위로 첫 관계를 하게 되었는데, 그녀는 육감적이고 매우 솔직했다. 예상치보다 자극이 세서 그는 금방 사정하고 말았다. 하지만 연휴를 지나고 있을 때였고 혼자 사는 그의 집에서 관계를 맺었기 때문에 시간은 많았다. 그의 방에 붙어서 그와 그녀는 사흘 내내 그 짓을 했다. 두번째 섹스부터 발가락을 빨기 시작했고 다양한 체위를 구사했다. 커튼으로 빛을 가리고 초를 태우고 술을 마시며 섹스를 했다. 섹스가 끝나면 몸을 더듬다가 근처에서 중국요리나 치킨을 시켜서 끼니를 때웠다. 다양한 음악을 틀어놓고 매번 다른 비트에 맞춰 몸을 움직였다. 애시드 재즈로 몸을 데웠다가 일렉트로닉으로 절정을 맞는 식이다.

그는 그녀의 육체에 호기심이 많았다. 그녀의 몸에 비누칠을 하다가 면도기로 그녀의 풍성한 음모를 다 밀어버렸다. 그 자신도 털을 다 밀어버리고 비누액이 미끈거리는 채로 몸을 타고 들어가 삽입을 했다. 더 깊이 들어가는 기분을 느꼈다. 차가운 욕조에서 뒤엉

켰다. 그렇게 사흘 동안 스무 번의 섹스가 끝나고 그와 그녀는 널브러졌다.

처음 커튼을 걷었다. 음습한 냄새로 꽉 찬 방 안에 햇살이 들어왔다. 벌거벗은 몸을 가릴 것이 필요했다. 그는 먹을거리와 술을 더 사오겠다고 했다.

그는 두터운 후드 점퍼를 입고 추운 겨울의 골목길을 종종거리며 내려왔다. 찬바람이 시원했다. 며칠 간의 섹스에 음낭이 얼얼하고 몸의 근육들이 땅겼다. 빙판길을 조심하며 걸었다. 그는 사진관에 들어갔다. 사진을 찍기 전에 거울을 봤다. 창백하고 지친 얼굴을 추슬렀다. 그러고는 여권사진을 찍었다. 스물다섯의 재미없는 얼굴이 찍혔다. 그는 한 달 후면 삼 년간의 유학을 떠나게 된다. 그는 유학생활에 기대가 있었다. 되도록 한국에 오지 않겠다고 마음먹었다.

있는 돈을 털어 술과 우유와 과자를 샀다. 자췻집을 향해 언덕을 올랐다. 얼얼한 자극이 계속되었다. 하지만 햇빛에 성욕을 털어내며 걸었다. 그녀는 창문에 걸터앉아 그를 기다리고 있었다. 자신의 옷을 입은 그녀가 그를 향해 손을 흔들고 있었다.

그리고 십여 년이 지난 어느 날, 그는 기간 만료된 여권을 펼쳐들었다. 비행기 티켓들이 쏟아지고, 유학과 더불어 몇 번의 여행이 만들어주었던 도장들과 비자, 그리고 옛날의 사진이 있었다. 지쳤지만 젊었던 얼굴이 있었다. 얼얼하던 음낭이, 민머리였던 그곳이 생각

났다. 그녀의 얼굴을 떠올렸다. 길을 지나다 마주쳤을 때 기억할 자신은 없었다. 그 시절의 얼굴을 떠올려봐도 그 얼굴의 윤곽이 뚜렷이 기억나지는 않는다. 그는 그 이후 그곳을 밀어본 적은 없다만 그녀는 그후에 종종 그곳을 밀고 있을까 상상해보았다. 곧 지금 쓰는 여권도 만료되고 그는 다시 여권사진을 찍어야 한다. 지난 여행의 기록과 스무 번의 섹스가 남아 있는 여권을 덮고 그는 거울을 본다. 제법 세월이 붙은 얼굴. 모르는 사람이 서 있었다. 하지만 그는 생각한다. 얼얼한 섹스쯤이야, 아직. ㅍ

\- - - - - -

사진에는 어떤 기분들이 붙어 있다. 사진을 찍던 그곳의 날씨와 그 주변의 사람들. 사진을 찍어준 이와 상황들. 어떤 사진에는 우울함이 감돌고 있다. 기억은 간단한 촉매로 불려 일어난다. 때때로 사진에 남은 흔적 속에 해결되지 않은 감정들이 붙어 있기도 한다. 공간도 계절감도 없는 지나간 증명사진도 기억의 촉매가 된다. 그럴 때면 내 기억력에 놀라고는 하는데, 조금 어렸던 그 모습들이 그립다가도 당시의 부끄러운 기억에 얼굴이 달아오른다. 잊고 사는 데 무리가 있다면 잘 살아야 한다. ▶

여자 잘하는 편이에요?

남자 네?

여자 잘하는 편이냐고요.

남자 잘하는지는 모르겠고 좋아하는 편입니다.

여자 칭찬받는 편인가요?

남자 (웃으며) 칭찬에 후한 여자들을 만나는 편이에요.

여자 (웃으며) 큰가요?

남자 그건 보면 알 일 아닌가요. 열심히 키워보시든가요.

여자 사실 그건 적당하기만 하면 되는 거고. 금방 끝나고 그런 건 아니겠죠?

남자, 가던 길을 멈추더니 여자를 잠깐 본다.

남자 금방 끝날 때도 있죠. 노상 그러지는 않아요. 거칠게 해도 좋아요?

여자 부드럽게 하고 싶을 때 거칠게 하는 거나 거칠기 원할 때 부드러운 건 별로예요.

남자 안심하세요. 뉴에이지도 헤비메탈도 아니에요. 애시드 재즈로 시작해서 일렉트로닉으로 가보죠, 뭐.

여자 말씀대로만 되면 한없이 좋겠네요.

남자 음……. 어떤 체위를 좋아해요?

여자 체위는 모르겠고 소파 같은 데서 하는 거 좋아해요.

남자 (미소 짓는다) 저도 즐기는 편이에요.

여자 전 침을 뱉어요.

남자 네?

여자 얼굴에 침 뱉는 걸 좋아해요. 해도 돼요?

남자 지금요?

여자 아뇨. 이따가요.

남자, 곰곰이 생각하다가

남자 분위기 봐서요.

남자, 앞서 걷다가 뒤돌아본다.

남자 침을 많이 뱉나요?

여자 아뇨. 좋을 때 몇 번.

남자 그럼 뱉으세요. 대신,

여자 ……?

남자 자위행위 해줘요.

여자 …….

남자 난 먼저 옷을 벗지 않을 거예요. 옷 입은 채 자위행위 하는 걸 볼래요.

여자 (잠시 생각하다) 맘대로 하세요. 생각보다 까졌네.

남자 (어이없다) 침 뱉으신다면서요.

호텔로 들어서고 남자는 프런트에서 카드키를 받아왔다. 둘은 조용히 엘리베이터에 올랐다.

도시를 튀어오르듯 엘리베이터가 움직인다.

남자 담배 안 피우세요?

여자 네.

남자 다행이네요.

여자 금방 끝내시면 안 돼요.

남자 노력하겠습니다.

한 시간 전, 남자는 현대백화점 시계탑 아래서 친구를 기다리고 있었다. 여자가 다가와서 '레드트리' 님이 맞느냐고 물었다. 남자는 여자가 마음에 들었고 누군지 모를 '레드트리'의 가면을 쓰고는 그녀를 따라나섰다. 하지만 가면을 쓰고 관계를 만들고 싶지 않았다. 엘리베이터가 그들의 층에 도착할 때 즈음 남자가 말했다.

남자 죄송하지만 전 '레드트리'가 아니에요.

여자 (새치름한 표정으로 나지막하게) 알고 있어요.

그러고는 호텔 엘리베이터가 열렸다. ▥

대실료:25,000

— — — — — —

모험의 기회가 생겼을 때, 그 모험에 가담하거나 옆길로 스쳐간다. 때로는 스쳐간 모험이 이야기를 만들어내기도 한다. 그녀와 그 좋은 분위기에서 왜 자지 않았을까 아쉬움이 들면서 그 이후의 이야기를 상상해보고 진도를 나가보자면, 섹스는 재밌었던 것으로, 관계는 결국 안 되는 쪽으로. ▶

마지막 통화

먹구름이 가시지 않듯 전화벨이 울렸다. 남자는 한 손으로 훠이훠이 눈앞의 먹구름을 내저으며 전화를 받지 않았다.

'내 인생을 가만히 두어라.' 남자는 혼잣말을 내뱉고 소파에 몸을 푹 담근 자세로 벨소리를 참아본다. 융단폭격처럼 절절한 문자들이 이어지고도 그는 부화뇌동 그녀와 더이상 엉키지 않겠다고 다짐을 해본다만 '비겁한 새끼'라는 마지막 메시지에 움찔하게 되고, 결국 그는 물 한잔을 마신 후에 많이 잔(?) 여자의 전화를 받게 된다.

미리 말해두지만 둘은 애초에 노멀한 인격이었다. 화학반응이 일어나기 전까지.

여자 마지막 통화야.

남자 그래서?

여자 다시 만날 거야.

남자 그래서?

여자 결혼하기로 했어. 그러니까 마지막 통화야.

남자 그래서?

여자 …….

남자 하나만 묻자.

여자 뭐?

남자 내 꺼 빨아먹다 다시 개랑 붙어먹을 생각이 나대?

여자 더럽게 말하지 마.

남자 더러운 건 너지, 개가 불쌍해.

여자 너만 입 다물면 갠 안 불쌍해.

남자 그래, 하던 거 계속 하고 연락하지 마.

여자 끊지 마.

남자 왜?

여자 우린 만나야 해.

남자 뭔 소리야? 안 만나.

여자 너 정말 끝낼 거야?

남자 뭔 소리야, 정말……. 너 결혼한다며.

여자 그래도 만나.

남자 내가 널 왜 만나?

여자 너 때문에 내가 여기까지 온 거야.

남자 미친년.

여자 욕하지 마. 난 욕 못해서 안 하는 줄 알아?

남자 욕해, 그럼. 씨발.

여자 욕하지 마. 나쁜 새끼야.

남자 나쁜 새끼가 욕이냐, 병신아. 너 나랑 박고 싶어서 만나자는 거야?

여자 미친 새끼. 내가 너랑 박고 싶대?

남자 그러니까. 난 너랑 박을 이유 없음 안 만나. 그러니까 연락하지 마.

여자 하여튼 더럽고 똥만 찬 새끼.

남자 말 다 했어? 니 님한테 연락드릴까?

여자 미친놈. 니가 전화하면 나 가만히 안 있어.

남자 그래. 가만히 있나 안 있나 해보자. 내가 지금 전화해볼게.

여자 끊지 마.

남자 왜?

여자 그러지 마. 정말 왜 그래?

남자 …….

여자 …….

남자 그러면…….

여자 응.

남자 그럼 나랑 하고 싶다고 말해.

여자 …….

남자 하고 싶다고 말해줘.

여자 응. 너랑 하고 싶어.

남자 하고 싶지?

여자 응. 정말 너랑 자고 싶어.

남자 내가 최고라고 말해.

여자 응. 니가 최고야. 너랑만 자고 싶어.

남자 꼴린다.

여자 응. 보고 싶어.

남자 응. ▣

- - - - - - -

지금은 쓰지 않는 휴대폰의 전원을 켜고 문자메시지함에 남은 서로의 심각한 메시지를 돌아보면서 현재 또한 심각해진 적이 있다. 문득 전원이 들어온 아날로그 휴대폰에, 문득 펼쳐진 어느 문자 리스트를 보게 된다면, 그래서 가장 추악한 감정부터 가장 아름다운 순간까지 거슬러올라가게 된다면, 잠깐의 회한이 몰려들 수 있다. 과거와 마주하고 싶지 않다면 전원 버튼을 끄거나 삭제를 하게 되겠지만 문자는 내 전화기에만 남아 있는 것은 아니다. 그런 경우, 싸우는 건 목소리를 듣고 전하면서 하는 게 좋겠다는 생각이 든다. ▸

치정학 개론

새벽에 너와 통화를 하고 잠들지 못했다. 우리는 어느새 몸이 닿는 거리가 멀어져 있구나. 정말 다행인 듯싶어. 다시 너와 잘 일이 없기를 신께 기도하고 있다. 네가 어떻게 지내는지는 도통 관심이 없어. 정말이다. 보고 싶다는 말 하나에 우물 속으로 기어들어갈 때의 나를 생각하면 안 돼. 또다시 그 깊은 우물 속으로 들어가기 위해 잠들지 못한 건 아니야. 너한테 이야기를 해주고 싶었거든. 밤새 우리의 요점을 생각해봤어. 그리고 간추렸다. 고통의 정리야. 들어봐.

너는 나 이전에 남자가 있었다. 그는 떠났어. 욕망의 대상이 네가 아니었기 때문이지. 나는 너를 만나기 전 아내가 있었다. 부부생활이라는 것이 오래되면 관계에 변화가 생겨. 연인의 감정이 사라진 자리에는 우정과 존중감이 남았어. 지나고 보니 그건 연인 관계에서 가장 이상적인 변화야. 그리고 우리는 만났다. 너와 나 말이야. 우리는 둘 다 서로의 상황에 개의치 않았어. 나는 도덕적 인간이 아니었고 너는 자존감이 스러진 상황이었지. 너는 나와 만나며 성적인 대상이 되는 것에 만족했다. 열정이 너로 향했으니 빼앗긴 들에 봄이 오는 기분이었겠지. 하지만 관계가 진행되고 나는 어느 순간부터 자책이 심해졌어. 내가 부여한 아내의 인격은 거의 신성한 것이어서 그녀에게 상처를 준다는 것은 곧이 내 상처로 드러났으니까. 하지만 두 개의 관계를 적당히 가지고 가고 싶었어. 나는 당시 너와의 성적인 관계에서 자아실현을 했다. 결혼생활을 하고 있음에도 나에게 달려드는 너를 보며, 두 여자를 거느리는 기분에 우쭐했지. 그런데 어느 순간부터 너는 나에게 화를 냈다. 떠올려보니 내가 아내에 대한 자책을 드러내는 순간이었던 것 같다. 너는 욕심을 부렸고 아내를 욕했어. 그 순간 난 너에 대한 혐오의 감정이 들었지. 사실 혐오의 감정은 그전부터 있었을지 몰라. 우린 둘 다 윤리적인 인간이 아니었으므로 애초부터 너를 믿지 않았다. 아내에 대한 존중감이 너에게는 없었다. 아내처럼 순종적으로 보이지 않았어. 네 입에서 나온 한두 가지의 거짓말을 확대해석했고 내 안에서 너를 거짓말쟁이로 몰아갔지. 너의 집착도 너무 번거로웠어. 아내가 하는 카페에서 아르바이트생으로 일하는 너를 보고는 까무러칠 뻔했던 기억이 나는구나. 불쌍한 아내와 다정하게 이야기를 나누는 너의 입술에 쥐약이라도 털어넣고 싶더군. 날이 갈수록 너를 역겨워했지만 아직 욕구는 너에게 있었어. 너 또한 종종 나를 의심했었지? 그거 사실이야. 그 욕구의 자리를 옮기기 위해 난 여러 여자와 잤다. 즐거움은 있었지만 불행히 욕구의 자리를 옮기지는 못했어. 네가 나에게 지배될 때는 털어버릴 수 있었지만 네가 거짓말을 해대며 나에게 지배되지 않을 때는 너를 경멸하면서 안절부절못했지. 네가 다른 자식과 거시기를 문대고 있을까봐 전전긍긍했어. 네가 나와 자지 않으려 하면 불안해했고 네가 나와 자고 싶어하면 안심하면서 혐오했지. 난 너를 조금 연민하기도 했지만 미안하게도 네가 잘되기를 바란 적은 없다.

제자인 너를 위해 추천서를 써주었지만 그들에게 은근하고 적당히 스며들 만큼의 네 욕을 했다. 그들이 너의 재능을 높이 사면서도 인간적인 됨됨이를 걱정하며 손을 떼게 했어. 그래도 나는 너를 안았다. 네가 나에게 굴복하는 것을 느끼고 안심하기 위해서. 우리는 기나긴 게임을 했다. 너 또한 지지 않았지. 너는 마침내 아내에게 우리의 얼굴을 드러냈고 그로써 나 또한 아내에게 나의 진짜 얼굴을 드러낼 수밖에 없었어. 아내는 떠났고 우리 둘만 남았어. 게임은 급격히 재미가 없어졌어. 경쟁자가 없어지니 섹스가 재미없어질 수밖에. 나른한 자책에 나는 너에 대한 욕구를 잃어버렸고 너 또한 껍데기 같은 나를 안을 재미가 없어졌겠지. 나는 너와 동시에 다른 여자를 만나며 그럭저럭 너를 밀어내고 있었다. 네가 전에 만나던 남자를 다시 만난다고 네 입으로 이야기하기 전까지. 시간이 지나고 네가 그놈이랑 결혼하기는 했지만 우리는 역할만 바꾼 거야. 그리고 여기까지 왔다. 오랜 시간 연락을 하지 못했지만 우리가 끝나지 않은 건 잘 알아. 난 너에게 편지를 썼지만 전해주진 않을 거야. 니 연락을 기다릴 거야. 너한테 연락이 오지 않으면 너에게 다시 욕을 할 거야. 협박을 하겠지. 그리고 우리는 원점으로 다시 돌아간다. ▣

— — — — — —

결국은 성질이 닮은 욕망끼리 으르렁거린다. 자기 자신에 관대하면서 자기 자신을 미워하기 때문. ▶

—거기 백에 들어 있는 거를 신으시면 돼요.

—아. 네.

—둘 중에 어떤 게 맘에 드세요?

—글쎄요. 아무거나. 빨간 거 좋아하세요?

—아뇨. 글쎄. 검정색이 더 어울릴 거 같아요.

—굽이 높네요.

—다른 건 가져오신다 했지요?

—네. 실은 입고 왔어요. 맘에 안 들까 걱정이에요.

—그거 하나만 준비한 거예요?

—네. 앞에서 갈아입을까요?

—호호호. 아뇨. 거기 거울 뒤에서 갈아입으세요.

—네에.

—잘 안 벗겨져요?

—바지가 타이트해서. 원래 이런 스타킹을 신고 바지를 입지는 않을 테니까.

—나와보세요. 얼른 보고 싶어요.

—막상 창피하네요. 이런 대낮에.

— 창문으로 들어오는 빛이 좋아요. 거울 앞에 서보세요.

— 생각보다 레이스가 화려하네요.

— 그런 거밖에 없더라고요. 왼쪽 벨트는 풀어보세요. 절 보지 말고 뒤돌아서 거울을 보세요. 맘에 드세요?

— 그쪽 맘에 들어야죠. 볼만은 하네요.

— 레이스 라인이 힙이랑 잘 맞아요.

— 거울로 그쪽이 잘 안 보여요.

— 허리를 앞쪽으로 숙여보세요. 다리는 구부리지 말고요. 다리가 길고 선이 좋아서 더 넓은 그물도 어울릴 것 같아요.

— 네. 구하고 싶은데 쉽지 않았어요.

— 아. 흥분돼요. 귀여워죽겠어요.

— 그래요. 나도 흥분되니까.

그녀는 소파에서 일어나 거울 앞으로 다가갔다. 그는 고개를 들어 다가오는 그녀를 보고는 허리를 폈다. 그녀는 그의 어깨에 얼굴을 묻고는 그의 손목시계를 만지작거렸다. 그와 그녀는 거울로 그의 몸을 감상했다. 커튼 사이 직광으로 들어오는 햇볕이 거울의 윗부분을 비췄기 때문에 둘은 서로의 얼굴을 볼 수는 없었지만 그래서 더 그의 몸에 집중할 수 있었다. 넥이 살아 있는 하얀색 와이셔츠가 잘 어울리는 다부진 상체의 남자는 이질적인 하체의 룩으로 인해서 기이해 보였다. 반인반수의 몸처럼 야성이 번들거렸고 인어공

주의 몸처럼 미완이기에 도달할 수 없는 성적 매력이 붙어 있었다. 군살 없는 근육질의 유연한 다리는 깔끔한 제모로 타이트한 팬티와 가터벨트를 잘 소화하고 있었다. 힐의 좁은 앞코가 남성성을 가려줬다. 그 모든 룩은 남자에게 더 어울리게 만들어진 것 같았다.

— 완벽하지 않아요? 정말로요.

— 팬티가 좀 불편해지긴 하는데, 맘에 들어요.

— 우린 어제 진실게임에 진실했으니까 서로에게 주는 상이라고 생각해요.

— 근데 이름이 뭐라고 했어요? ▣

— — — — — — —

난 십대부터 이십대까지 속옷 장사를 한 이유로 속옷을 좀 아는 편이다. 란제리 사이즈를 알아맞히는 것으로 상대를 긴장하게 할 수도 있다. 물론 많은 남자의 호기심이 그러하듯 여자의 팬티를 입어 본 적도 있다. 고등학생 때, 장사하다 남은 제법 야시시한 팬티를 동성 친구와 같이 입었었다. 둘 다 맵시는 없었다. 남자를 위해 고려돼 있지 않은 부분에 압박을 느꼈으나 착용감이 나쁘지는 않았다. 나는 괜찮았지만 여자 팬티를 입은 친구의 모습은 보고 싶지 않았다. 그때로부터 여자가 직접 입은 팬티를 보기까지는 시간이 꽤나 걸렸다. ▶

파 티

J와 난 봄이 지날 때 몇 번의 섹스를 했다. J는 기회를 주는 거라고 말했다. 당시에 난 열일곱 살이었고 그녀는 스물세 살이었다. 세 명의 친구들과 그녀의 집에서 과외를 했는데, 우연히 둘만의 시간이 왔고 내 바지가 불편해진 것을 그녀에게 들켰다. 그녀는 가느다란 입술을 씰룩거리더니 불편하지 않게 바지를 벗으라고 했다. 섹스는 찰나였으나 여운은 길었다. 몇 번의 엉성한 섹스와 어색한 데이트가 기억에 남아 있다.

그녀는 섹스를 우정의 선물이라고 했다. 그해 여름께 그녀는 선물 주는 것을 멈췄고 우정은 남겨놓자고 말했다. 그해 여름 J는 남자친구가 생겼다. 그녀는 종종 남자친구를 나에게 소개해주고 싶어 했다. 그리고 가을의 초입 어느 휴일, 그녀는 나를 K의 집으로 불렀다. 나는 초인종을 누르며 집이 대단하다고 생각했다. 현관문을 지나 동백과 단풍과 잔디가 있는 정원을 지나며 점점 더 대단해지는 집의 외형에 놀라고 있었다.

정원과 이어진 베란다에서 두 여자가 웃고 있었다. 한 명은 J였고 한 명은 언젠가 본 적 있던 J의 친구였다. 무용을 전공하는 대학생이라고 했는데 몸은 육감적이었으나 생긴 것은 영화 〈아바타〉의 나비족을 닮았다.

거실에 들어서자 화장실에서 큰 덩치의 사내가 나왔다. K는 빠른 걸음으로 나에게 다가오더니 반갑다는 듯 어깨를 감싸쥐었다. 그의 뺨에는 피가 묻어 있었다. 면도를 하다 베었다며 하얀 치아를 드러내며 웃었다.

우리는 정원으로 다시 나갔다. 유리잔에 맥주를 채우고 그릴에 고기를 올렸다. 그 대단한 집은 K가 혼자 사는 집이 아니었지만 부모님이 해외여행으로 빠져나간 덕에 우리들만의 파티가 만들어졌다. K는 상류층의 전도유망한 자제였고, J보다 두 살 많았고, 고등학교 때까지 야구를 했고, 군대에 가지 않아도 됐다.

여자들이 그릴에 고기를 굽는 동안 K와 난 그의 정원에서 캐치볼을 했는데 그의 강한 어깨에 공포감을 느꼈다. 그는 나에게 J와 섹스한 횟수를 물었다. 난 손가락 다섯 개를 펼쳐들었고 그는 고개를 끄덕였다. 그에게서 위력적인 공이 달려들었다. 다시 공을 돌려주자 그는 손가락 네 개를 펼쳤다. 그리고 좀더 빠른 공. 그는 하얀 치열을 드러내며 손가락 세 개를 펼쳐들었다. 공은 스트라이크존을 좁혀가며 좀더 빠르게 왔다. 마지막 손가락 한 개. 그가 마지막으로 던진 공은 빠른 속도로 스트라이크 존을 향해 들어오는가 싶더니 갑자기 위로 솟구쳤다. 공은 글러브를 비껴 내 턱으로 달려들었다.

입술이 찢어졌고 순식간에 입안에 피가 찼다. K와 여자들이 다가왔다. J가 건네준 타월로 피를 닦았다. K는 싱글벙글 웃으며 맥주잔에 소주를 가득 채우더니 나에게 내밀었다. 그는 요란스레 반복되는 비트의 재미없는 음악을 틀어댔고 해가 질 때 즈음 우리는 다 제멋대로 취해 있었다.

처음으로 취할 때까지 술을 마셔본 나는 혼자 거실로 기어들어왔다. 넓은 거실은 어둠으로 차 있었고 난 안락한 소파에 몸을 구겨 넣고 눈을 감았다. 잠시 후 J가 휘청거리며 거실로 들어왔다. 그녀는 맞은편 소파에 앉았다. 그녀는 웃으며 나를 보았다. 나도 웃으며 그녀를 향해 손가락 한 개. 그녀의 면상을 향해 스트라이크. 나 또한 즐거운 상상을 하며 그녀를 향해 미소를 흘렸다.

건들거리며 K가 거실 안으로 들어왔다. K는 손가락으로 면도하다 난 자신의 상처를 가리키며 웃었다. 나 또한 부어오른 내 입술을 만졌다. K는 J의 소파 안으로 미끄러지더니 그녀의 목덜미를 물고는 바지를 벗겼다. 맨살의 가랑이가 어둠 속에 보였고 그 또한 혁대를 풀었다. 어둠 속에서 그녀의 눈동자가 보였다.

난 소파에 구겨진 채로 미동 없이 그들을 보았다. 그녀의 눈을 봤다. 그녀의 눈엔 내 불편한 바지를 벗길 때처럼 장난기가 있었다. 잠시 후 K의 눈동자가 보였다. K의 육중한 등이 움직이기 시작했다.

나비족 또한 2층으로 올라가는 계단에 서서 그들의 정사를 보고 있었다. 나비는 내 옆으로 와서 앉았다. 갑자기 게임이 만들어졌고 난 게임의 규칙을 알 수 있었다. 난 그녀의 옷을 벗겼다. 그녀가 키스를 했고 나는 입안에 다시 피가 차오르는 것 같았다. 몇 개의 신음 소리 중 J의 소리만이 내 안을 파고들었다. K와 J의 검은 사타구니들 너머 J의 장난 어린 눈동자와 저질스러운 입이 보였다. 나비는 기다란 두 다리로 내 몸을 조였고 내 입술에서 흘러나온 피를 핥았다. 어둠 사이 조용히 눈길들이 있었다. 나비의 다리는 다시 내려왔고 땀에 젖어 매끈해진 그녀의 살결이 내 몸에서 떨어져나갔다. 내 성기는 늘어진 채로 그녀의 가랑이를 빠져나왔다. 그제야 K는 움직임의 속도를 높였고 J는 절정이 다가오자 그의 귀에 사랑한다고 외쳤다.

자정이 넘어서야 난 그 대단한 집을 빠져나왔다. 집으로 돌아오는 길, 자전거를 하나 훔쳤다. 고급 주택가를 빠져나오자마자 있는, 슈퍼마켓 앞에 세워진 기어 없는 자전거였다. 늦은 밤이라 속도를 내기 어렵지 않았다. 동네 골목 어귀에 자전거를 버렸다. 다리를 땅에 대고 몇 발자국 걸음을 옮기자 배 속에서 구역질이 일었다. 씹지 않은 고기들이 달려나왔다.

지친 몸을 끌고 마침내 내 방 침대에 누웠다. 창문 너머엔 플라타너스 가로수가 있어 잎이 마르고 바람이 낮은 가을이 오면 유독 소란스러웠다. 창밖에서 들어온 나뭇가지의 음영들은 K와 J, 그리고 나비의 육체를 만들어냈다. 나는 눈을 감았다. 그리고 J의 장난스러운 눈동자를 떠올렸다. 그녀의 입술을. 그리고 다시 눈을 떴다. 출렁거리는 그들의 육체를 보기 위해. ⊡

— — — — — —

청춘은 거침없이 저질러지는 시기다. 두려워하지 않고 목숨을 걸고 인생을 걸었다. 잘못 가고 있는 것을 알아도 벼랑 위를 걸었다. 우리는 배웠다. 가지지 못하는 것을 가지는 법. 혹은 가지지 못하는 것을 견디는 법을. 자해와 살인과 광란으로. 파티는 생각보다 빨리 끝이 나고 그 짧은 파티에서 우리는 평생의 상처를 얻는다. ▶

도 둑

남자 연립주택에 살면서 신발장이 현관 밖에 있는 건 별로 좋지 않은 것 같아.

여자 왜?

남자 누군가 신발을 훔쳐갈 수 있거든.

여자 그걸 누가 훔쳐?

남자 어제 도둑을 잡았어.

여자 진짜?

남자 어. 우리집이 4층 꼭대기에 있잖아. 그래서 현관 바로 앞에 신발장을 놔두고 거기다 신발을 보관하거든.

여자 응.

남자 거실에서 빨래 돌리고 있는데 현관에서 조그만 소리가 나는 거야. 문을 열었더니 어떤 할머니가 급하게 계단을 내려가고 계시더라고. 뭔가 이상해서 신발도 못 신고 뛰어내려갔는데 할머니가 너무 놀라는 거라. 천가방에 가득히 뭔가가 들었는데, 그게 이상해서 보여달라 다그쳤지.

여자 신발을 훔친 거야?

남자 응. 할머니한테 가방을 뺏어보니까 내 신발들이 잔뜩 들어 있었어. 근데 다 한 짝씩만 들어 있는 거야. 그래서 이게 뭐 하시는 거냐고 막 화를 냈지. 말씀은 못하고 당황스러워만 하는데 나도 더 뭐라 할 수가 없잖아.

여자 그래서?

남자 소란스러워서인지 2층 남자가 현관에서 고개를 내밀다가 갑자기, 할머니한테 인사를 하더라고. 할머니도 놀랐지. 나도 겸연쩍고. 그 남자는 할머니를 잘 아는 것 같았어. 남자가 예의 있게 인사를 하고 할머니도 예의 있게 인사를 받더라. 그리고 그 남자가 할머니 아들의 안부를 물었어. 그 남자는 아직 상황 파악을 못하고 있었는데. 내가 더이상 뭐라 할 수 있는 상황도 아니었고 갑자기 할머니한테 죄송스러워지기까지 하는 거야. 할머니가 그 남자 앞에서 엄청 난처해했거든. 난 조용히 할머니한테 가방을 받았어. 우리는 남자를 두고 한 층 더 내려왔고. 할머니는 다소곳한 모양새와 느린 말투로 자꾸 미안하다고만 했어. 날 아느냐고 물었더니 그런 게 아니라고 하시더라.

여자 왜 그랬을까?

남자 나도 몰라. 그 신발을 가져간다고 그 할머니가 뭘 얻게 되는 건지도 모르겠고. 신발이 한 짝씩만 남게 되는 나는 너무 불편한 거잖아. 누군가 얻는 것도 없고 나만 불편해지는 건데, 할머니도 그걸 원해서 가지고 가는 것 같지는 않았단 말이지. 느낌상.

여자 미스터리네. 꿈꾼 거 아냐?

남자 아니. 근데 그 일 때문에 어젯밤 꿈을 꾸기는 했지.

여자 구천을 맴도는 외로운 신발에 대한 꿈 같은 거?

남자 비슷한 거. 어느새 늙어버린 내가 그 할머니와 계속 어딘가로 걷는 꿈이었고. 꿈속에서는 늙은 나도 그 할머니도 계속 뒷모습만 보였어. 우리는 어디론가 걸어가고 달팽이처럼 미끄러지고 있었지. 난 이상하게도 그 뒷모습을 바라볼 수 있었어. 결국은 할머니도 나도 사라져버렸어. 매우 느린 속도로. ▥

헨리 제임스의 단편소설 「밝은 모퉁이 집」. 주인공은 삼십 년이 넘는 긴 세월을 타국에서 지낸 이후 나이가 들어 뉴욕에 있는 고향으로 돌아와 큰길 모퉁이에 있던 자신의 집을 찾는다. 가족들의 역사가 있던 그의 집은 그의 유산인 덕에 아직 모퉁이에 그대로 있고 그가 집을 비운 이후로 아무도 살지 않았다. 집은 빈 공간 그 자체로 그들 조상의 역사와 유령들만이 가득한 장소다. '밝은 모퉁이 집'은 벽을 하나 사이로 두고 밝고 변화가 넘치는 바깥의 세계와 빛이 닿지 않으며 아무것도 바뀌지 않은 과거의 세계가 있다. 주인공은 자신이 몇십 년 전 선택의 기로에서 그곳을 떠나지 않았던 자신의 분신이 모퉁이 집에 남아 있을 것이라는 환상에 빠지고 분신을 만나기 위해 어둠 속의 빈집에 머문다.

시간은 흐르고 무수한 선택으로 우리는 현재를 만났다. 변한 것과 그대로인 것, 선택한 길과 선택하지 않은 길이 남았다. 어둠 속에 가둔 가능성들 속에서 다른 운명으로 흘러간 나를 생각해보기도 한다. 이야기들은 가끔 그곳에서 온다. 벽 너머 어둠 속에 잊혀진 기억 몇 개와 선택하지 않은 길들에 상상을 덧대어 다른 세계가 만들어지고, 그곳에서 나와 다르게 움직이는 거울 속의 나를 보게 되지만 그 환영들이 빛이 닿는 곳에 머물 수는 없다. ▸

두 번의 아침

나와 J가 호들갑스러운 섹스를 하고 있을 때 초인종이 울렸다. 그러고 반응이 없자 밖에 있던 남자는 오피스텔의 낡은 현관문이 쩌렁쩌렁 울리도록 주먹으로 두드려댔다. 나는 J에게 왜 문을 열지 않느냐고 물었지만 J의 얼굴은 이미 사색이 되었다. 그녀의 오래된 남자친구는 내 얼굴을 보고 싶어했고 나 또한 당황한 중에 그 남자를 보고 싶기는 했지만, J가 일그러진 얼굴로 둘 사이를 막아섰기 때문에 참사는 일어나지 않았다. 우리는 현관을 사이에 두고 추한 실랑이를 했다. 잠시 후 그 남자가 화가 나서 복도 끝으로 사라지는 소리를 듣고 나서야 난 겨우 바지를 입을 수 있었다. 그녀와 작별인사 없이 오피스텔 건물을 나왔고 그 앞에서 초초하게 담배를 피우는 어떤 남자를 보았지만 아는 척하지 않고 거리로 빠져나왔다. 봄 햇살이 완연한 압구정로 어딘가에서 핫도그로 아침 겸 점심을 때우고 R에게 전화를 했다.

그녀는 잠에서 깬 목소리로 전화를 받았다. 그리고 세 시간 정도 지나 신촌에서 만났다. 우린 몇 번 들른 적 있던 익숙한 모텔로 들어갔다. 커튼으로 빛을 가리고 섹스를 했다.

그녀와는 지난해 가을에 처음 만났다. 새벽 포장마차에서 친구들과 술을 마시고 있을 때 젊은 여자들이 무리지어 들어왔다. 근처 병원 의사들이 주로 드나드는 토킹 바에서 바텐더를 하는 여자들이었는데, 말주변 좋은 친구 덕에 그 무리와 합석을 했고 해가 뜨기 전 운좋게 같이 모텔로 기어들어갈 수 있었다. 그녀는 매일 저녁 여섯시에 출근해 새벽 세시나 되어야 일이 끝났기 때문에 우리의 데이트는 주로 오후 세시에서 여섯시 사이였다. 데이트라 해봐야 신촌의 어느 모텔에서 관계를 갖는 것이고 세 개의 계절이 지나기까지 열 번이 채 되지 않았다.

우리는 여섯시가 되기 전에 모텔에서 나왔고 R은 출근을 했고 나는 근처에서 혼자 저녁을 해결했다. 갈 데 없는 나는 그녀가 일하는 바로 들어갔다. 그녀는 조금 놀랐지만 나에게 잘해줬다. 나는 미안한 마음이 있었다. 자고 싶을 때만 만나는 것이 룰처럼 되어버린 것이 지레 찔려 제대로 된 데이트를 해보자고 마음에 없는 제안을 했다. 제대로 된 데이트가 뭐냐고 묻길래 영화를 한 편 같이 보자고 했다. 물론 영화 따윈 볼 생각도 없었지만.

난 술에 취해 다시 거리로 나왔다. 조금 지나 R에게서 문자메시지가 왔다. 부담스럽다느니 얼굴 보면 안 될 것 같다느니 그런 이야기였다. 괜한 마음씀씀이에 섹스파트너를 놓쳤다. 아까웠다. 나는 H에게 전화를 걸었다. 취했다, 너와 있고 싶다 했다. 거절했지만 한 시간 뒤 난 체부동으로 향했고 텅 빈 재래시장을 지나 오래된 주택가 골목 사이 그녀의 반지하방 문을 두드려대고 있었다. 그녀는 피곤한 얼굴로 문을 열었다. 난 다짜고짜 그녀의 입안에 혀를 밀어넣었다. 옷을 거칠게 벗기고 섹스를 했다. 난 몸을 열심히 움직였지만 그녀에게 절정은 없었다. 우리는 짧지 않은 시간을 만났었지만 (지금은 헤어진 상태) 내 기억에 그녀는 나에게 절정을 느낀 적이 없었다. 섹스가 끝나고 그녀는 거실로 나가 담배를 한 대 피운 후 돌아와 내 옆에 누웠다. 그녀는 가만히 누워 내 얼굴을 봤다.

그날은 세 명이랑 잤다. 그 기록적인 하루를 생각하며 잠이 들었다.

아침이 되고 H는 먼저 출근을 했다. H는 쪽지로 열쇠 숨길 곳을 알려주었다. 샤워를 하고 냉장고에서 요구르트를 하나 꺼내어 먹고 주섬주섬 옷을 입었다. 현관문을 열고 지하 계단을 올라 햇살 가득한 주택가 골목으로 나왔다. 햇살에 눈이 부셨다. 골목 한켠 담벼락 밑에 낡은 나무의자가 있었다. 그 의자는 예전부터 있었다. 동네 노인들이 앉아 쉬는 그런 의자였다. 나는 한 번도 앉아보지 않았던 그 의자에 앉았다. 곰팡이가 내려앉고 이음새는 이미 녹슬었지만 앉을 만했다. 눈을 감자 햇살 때문에 붉은 멍울이 번져 올랐다. 눈을 뜨고 골목 한켠에 피어난 목련을 보았다. 작년에도 저 자리의 목련은 좋았다. 몸을 일으켰다. 좁은 길은 사방으로 뻗어 있었

다. 큰길로 빠져나가야 하지만 난 그 여러 갈래 길 중 햇살이 남아 있는 곳을 택했다. 골목을 빠져나갈 때 즈음 목덜미에 따스한 바람이 스쳤고 난 다시 눈을 떴다.

난 여전히 나무의자에 앉아 있었다. 목련은 아직 피지 않았다. 나는 자리에서 일어나 잠시의 꿈과 다른 방향으로 걸어간다. ⊞

때로는 끝나지 않기를 바랄 때가 있다. 부드러운 피부를, 벌린 입술을, 젖꼭지를, 어깨를, 엉덩이를 아름답게 보기 위해서. 영화 〈킹콩〉의 러닝타임보다 오래 섹스를 하고 싶다. 오르가슴이 계속되기를. 정액이 멈추지 않고 쏟아지기를.

그 끝에 내민 상대의 얼굴을 슬프게 보고 싶지 않아서. 가느다랗게 뜬 눈과 눈썹, 상대의 눈길을 피하고 싶지 않아서.

나는 그 새를 죽이지 않았어

남자 꿈속에서 어느 술집에 갔는데, 어떤 여자랑 눈이 맞아서 밖으로 같이 나간 거야. 뽀뽀하고 싶어서.

여자 어떤 여자? 나 말고?

남자 응. 너 말고. 모르는 여자.

여자 미친놈. 딴 여자랑 뭘 했다고? 꿈 가지고 질투하라는 거야, 뭐야. 예쁘게 생겼어?

남자 응. 모르는 여자인데 야하게 생겼어.

남자 정말 모르는 여자야?

남자 그렇다니깐. 암튼, 근데 그 여자가 갑자기 키스를 하는 거야.

여자 좋디?

남자 응. 꿈속에서 뽀뽀하면 현실과 다른 뭐랄까, 더 이상한 느낌이 있어. 다 먹어버리고 싶다는 생각 같은 거. 흐흐.

여자 아이 씨. 고만 들을래.

남자 조금 더 들어봐. 근데 아는 사람들이 계단으로 내려오는 거야. 술집이 지하였거든. 아는 사람들을 마주치는 게 창피하다는 생각이 순간 들었어. 야하게 생긴 여자랑 그러고 있는 게 아는 사람들한테 창피하더라고.

여자 그래서?

남자 그래서 그 여자를 입에다 넣은 거 있지. 이렇게. 키스를 하다가 후루룩 여자를 입으로 마시는 기분이었어. 양볼이 두꺼비처럼 불룩해진 거야.

여자 우와. 진짜? 큭큭. 신기하다.

남자 응. 신기하지. 친구들이 뭐라고 하는데, 자꾸 묻는데, 말을 할 수 있어야 하지. 친구들은 안 가고 슬슬 걱정이 되더라고. 여자가 입안에 오래 있으면 질식하지 않을까 해서. 그렇게 얼마 있다가 친구들이 들어가고 입에서 그 여자를 뱉었더니, 쪼그만 새인 거 있지. 참새 같은 거. 꿈이라서 그런지 그 새를 나는 여자라고 생각했어. 근데 축축하고 딱딱해서 아무래도 죽은 것 같은 거야. 순간 미안해서 내가 죽을 것 같더라. 그래서 다시 보는데, 이번에는 새가 아니라 유릿조각인 거야. 내가 죽인 것 같아서 너무 미안하더라. 미칠 것 같았어. 눈물이 나는 거야. 미치게 슬프고. 근데 갑자기 새가 날아가는 소리가 들렸어. 살아서 다시 날아가는구나 싶어서 다행이라는 생각이 들었지. 그래도 눈물이 멈추지는 않았어. 다행이지만 너무 미안했으니까. 다신 못 볼 거란 생각을 했고.

여자 신기하다. 자긴 참 꿈 많이 꿔.

남자 잠을 푹 못 자서 그렇지 뭐.

여자 그건 코 골아서 그렇고.

— — — — — —

꿈을 많이 꾸는 편이다. 근래 가장 기억에 남는 꿈 두 가지. 하나는 자신의 이마를 드릴로 뚫고 있던 여자를 본 꿈이다. 여자는 드릴로 이마에 검은 구멍을 만든 후 어느 남자의 성기를 자신의 이마에 밀어넣었다.
또하나, 내 영화에 캐스팅을 바라던 배우를 본 꿈이다. 그는 나에게 와서 영화를 같이 하자고 했고, 난 너무 기뻐하며 "이거 꿈이 아니죠?"라고 물으면서 꿈에서 깸. ▸

– – – – – –

어느 꿈속에서는 짙은 화장으로 얼굴을 알 수 없는 여자와 내가 얼굴을 부비며 같이 울고 있었다. 손톱으로 그녀의 화장을 반쯤 벗겼을 때 꿈에서 깨어났다. 창밖을 보니 눈이 분가루처럼 날리고 있었다. ▶

고개를 들자 케이블카가 오르고 있었다.

— 탈래?

여자는 고개를 가로저었다. 둘은 길을 따라 오르다 계단길을 택했다. 눈이 내리기 시작했고, 내리던 눈이 바람에 누웠다. 금방 쌓일 듯했다.

— 내려갈까?

여자는 고개를 가로저었다.

— 식물원이 있었어. 동물원도 있었지. 원숭이가 몇 마리 있었고 나이든 독수리가 있었어.
— 독수리가 나이든지는 어떻게 알아?
— 그냥…… 피곤해 보였거든.

여자는 늙은 독수리 같은 남자를 흘깃 본다.

식물원은 더이상 없다. 나무계단으로 놓인 산책로가 보였다. 메마른 아카시아 가지들이 눈을 덮고 있었다. 여자는 남자의 손을 잡았다. 손은 따뜻했지만 힘이 없었다. 그녀가 힘을 빼자 두 손은 떨어졌다. 함박눈이 그녀의 눈으로 달려들었다. 콘택트렌즈가 흔들리고 한쪽 눈이 감겼다. 남자는 내려가고 싶어했지만 내려가자는 말을 하지는 않았다.

인적이 끊기고 눈은 온 산을 덮었다. 남자는 어깨에 쌓인 눈을 털었다. 둘 다 후드로 머리를 덮고 목도리로 내리는 눈을 막고 있었지만 외투는 젖어 있었다.

— 안 되겠지?

남자가 말했다. 여자는 고개를 가로젓지 않았다. 쌓인 눈에 계단이 보이지 않아 내려가는 길이 조심스러웠다.

— 이 길은 봄가을이 좋아. 저기 저건 벚나무들이잖아. 저건 단풍일 테고……. 벚나무도 나름 낙엽이 좋아.

남자는 멈춰 선 여자를 보더니 멋쩍은 듯 말했다.

— 물론 지금도 좋지만…… 조용하고 어디 먼 곳에 있는 것 같다.

— 난 여기에 올 생각이 없어. 우리가 같이 오지 않는 한……. 그런데 너 그럴 생각 없잖아.

야속한 마음을 뱉어내는 순간, 여자의 한쪽 눈에서 렌즈가 빠졌다. 눈물을 타고 어딘가로 흘렀지만 찾을 수 없었다. 남자는 여자의 몸에 붙은 눈을 털었다. 여자의 한쪽 팔을 잡고 조심스레 계단 아래로 발을 내렸다. 몇 계단 가지 않아 여자는 발걸음을 멈췄다.

— 까치가…….

여자는 남자에게 체중을 싣고 말끄트머리를 흘렸다.

산책로 옆 까치가 날개를 퍼덕거리며 몸을 뒤틀고 있었다. 몸이 경사면으로 떨어지면서 날갯짓으로 곱게 쌓인 눈을 쓸어냈다. 몸이 뒤엉킬수록 쌓인 눈이 파였다. 날개가 젖은 낙엽을 퍼올렸다. 어디선가 고양이의 공격적인 소리가 들렸다. 누런 들고양이는 둘의 시선을 피해 숲으로 돌아갔고 까치는 잠시 숨을 고르며 죽음을 기다렸다.

두 사람 또한 까치의 죽음을 기다릴 수밖에 없다. 까치가 움직임을 멈춰야만 그들도 내려갈 수 있다. 여자는 남자의 팔목을 움켜쥔 채 까치의 움직임을 본다.

까치는 천천히 움직임을 줄였다.

— 독수리가…….

남자가 입을 열었다.

— 독수리가 날개를 폈을 때…… 새장 안에 갇힌 독수리라는 걸 알았어. 독수리는 순식간에 거대해졌어. 여기 있던 동물원은 가장 우울한 동물원이었어. 보러 오는 사람들이 별로 없었고 다들 기분이 안 좋아져서 갔을 거야. 난 사실 그런 기분 때문에 동물원을 좋아해. 우울한 마음을 가지고 이곳에 오면 편안함을 느끼는 거야. 동물원은 없지만 관성은 남았어. 난 여기가 좋아.

까치는 날갯짓을 멈췄다. 눈이 까치와 두 사람을 덮었다. 그는 계속 이야기를 했다.

— 우리는 새장에 지나지 않아. 그 독수리는 새장에 갇혀 십 년을 보냈을 수도 있어. 우린 단지 두 달이야. 그 아이를 자유롭게 놔준 거잖아. 우리가 새장이 아니라 세상이 되었을 때 다시 아이를 가지면 돼. 겨울에 끝이 있다면 우린 결혼도 하게 될 거야. 우리가 버린 영혼은 다시 돌아올 거야. 그 아이는 우릴 용서할 거야. 그리고 우리도 다시 여기에 오게 될 거야. 너만 원한다면…….

그는 고개를 돌려 그녀를 보았다. 여자는 두 손으로 얼굴을 감싸 쥐었다.

여자는 겨우 입을 뗐다.

—방금 다른 쪽 렌즈도 없어진 거 같아. 아무것도 보이지 않아.

까치가 있던 자리, 까치는 사라졌다.

남자는 여자의 어깨에 붙은 눈을 털었다. 눈 무더기들은 그의 눈도 멀게 했다. 하지만 그는 그녀의 손을 잡았고, 그녀는 그의 길을 따랐다. ▥

— — — — — —

후회는 통증과 닮았다. 침대 위에 누워 있을 때 후회가 조용히 나타난다. 어둠 속에 눈을 떠서는 내 위로 조용히 가라앉고 견딜 수 없게 나를 누른다. 아마도 견딜 방법이 없을 것 같을 때 나는 후회를 견디게 된다. 후회는 조용히 물러서고. 난 다시 나의 시간을 산다. 자주 있는 일은 아니지만 난 나의 시계를 다시 나의 망가진 지점으로 돌려놓는다. 그리고 좋은 선택을 한다. 어둠 속의 후회를 거둬들이는 것이다. 누군가의 뺨을 어루만지고 있지만 결국은 나의 안식을 위한 일이다. ▸

지워진 얼굴

관광의 도시. 한려수도로 오세요. 소매물도의 등대섬을 둘러싼 아마도 코발트색이었을 바다가 색이 빠진 채로 발광하고 있었다. 하지만 사실 그것은 아크릴판 뒤에 창백한 형광등 빛으로 불을 밝히는, 코발트색이었던 바다의 사진일 뿐이다. 그래도 그는 퇴근길 전철 개찰구 앞 그 커다란 광고판 앞을 지날 때면 술과 고기와 화장품의 냄새 사이, 분주한 구두 소리 사이에서 통영과 거제도를 생각하고, 거제도가 고향인 그녀를 잠깐 떠올렸다.

그러던 어느 날 개찰구 앞 한려수도는 사라졌다. 하지만 그가 아쉬워할 새 없이 그 자리에 버젓이 그녀가 나타나는 놀라운 일이 벌어졌다. 퇴근길의 그는 광고판 앞에 입을 벌리고 섰다. 생기 없는 지치고 푸석한 얼굴에 눈매가 늘어지고 입가에 주름이 져서 사랑스런 모습은 온데간데없지만 그가 그리워했던 얼굴이 맞다. 어찌 얼굴이 저리 되었을까. 원래가 예쁘지 않은 얼굴은 맞는데 저렇게까지 의욕 없는 얼굴은 아니었다. 처진 눈꼬리가 웃을 땐 귀여웠고 뻐드렁니도 귀여울 때가 있었다. 그가 아는 그녀의 얼굴은 활기 어린 표정을 지우고 '비포'라는 자리에 있다. 오른쪽으로 고개를 돌리면 '애프터'라는 항목에 다른 표정의 여자가 있다.

미소와 메이크업으로 만들어진 생기가 있고, 못생겼다고 할 수 없지만 부자연스런 얼굴이었다. 피부가 하얗고 콧날이 서고 눈이 커지고 이마가 올라왔지만 그 웃는 모습도 왼쪽의 사진만큼 서글픈 데가 있었다. 어디서 봤더라. 아……. 어디서 봤더라. 그녀는 우리 사무실 김대리를, 단골 미용실의 그 언니를, 겨울방학을 지나고 본 여대생 사촌누이를 닮았다. 그녀는 그리운 얼굴을 지우고 아는 얼굴이 되었다.

그는 그의 직장 근처, 강남 어느 대로 옆에서 인파에 묻혀 스쳐가는 수많은 사람들의 얼굴을 보았다. 유심하게 관찰하며 얼굴들을 보다가 그 익명의 얼굴들을 보았다. 잘 만들어진 성형은 그만의 개성을 놓치지 않았겠지만 단점을 지우고 스스로부터 도망친 얼굴들은 익명의 그림자로 숨는다. 핑크색 트레이닝 팬츠를 입고 치와와를 산책시키는 저 여자 또한 기억할 수 없는 얼굴이다. 반면 교복으로 개성을 감춘 저 여자아이들은 끊임없이 재잘거리며 얼굴과 표정으로 그들 자신을 나타낸다. 성형을 했을 수도 있지만 아름다움을 얻고 자기를 버리지 않은 자연스럽고 도도한 미인들이 거리를 가로지르기도 한다.

그녀는 그와 만날 때 사투리를 버렸다. 그는 그녀가 엄마와 통화할 때의 정겨운 사투리를 좋아했지만 그녀는 전화기를 들고 쭈뼛거리며 베란다로 나갔다. 그녀는 그때부터 감추고 싶어했다. 사투리를 감추고 어울리지 않는 화장을 하고 절룩거리며 하이힐을 신었다. 세월이 흘렀고 그는 그녀를 사랑했지만 새로운 세계를 만나고 그녀의 세계를 떠났다.

시간이 또 흘렀고 그녀는 자신의 얼굴을 버렸다. 사투리를 감추듯 그녀는 얼굴을 감췄다. 눈매를, 뻐드렁니를, 광대를, 빈약한 가슴을 숨겼다. 그로 인한 상처들을 덮었다. 묻고 싶지 않은 그녀의 사정들은 모르고 흘러갔다.

넘쳐나는 간판의 불빛으로도 추위를 가릴 수 없는 거리에 수많은 여자들이 지난다. 예쁘고 못생기고 심심한 얼굴들 중 지워진 얼굴들이 있다. 그는 지워진 많은 여자들의 얼굴에서 그녀를 떠올려보지만 그 거리 어디에선가 그녀를 만난다 해도 알아보지는 못할 것이다. 그녀는 아는 얼굴들 사이로 사라졌다. 화려한 간판들의 창백한 형광등 빛 아래서도 주름을 감출 수 있는 얼굴로. 전철 어느 개찰구 앞에 흘러드는 수많은 시선들 사이에 자신의 과거를 남긴 채. ▥

한 사람의 인상이란 짧은 시간 이루어지는 외모에 대한 총괄적인 평가를 말한다. 이성에 대한 호감의 가능성은 인상을 보고 느끼는 찰나의 시간에 있다. 얼굴의 생김새, 외형의 균형감, 부피감 등이 보는 이의 외적 취향 기준에 부합하면 비로소 관찰이 시작된다.

하지만 외적 기준이란 게 둘 사이의 관계가 만들어지기 전에는 부질없기 쉽다. 어떤 사람의 뒷모습이 관찰자의 취향에 부합한다 치면 호감이 시작되지만 그 혹은 그녀가 뒤를 돌아 얼굴을 보여주었을 시 대부분의 호감은 멈추게 된다. 혹 앞모습의 외형이 관찰자의 취향에 부합한다 쳐도 대화가 시작되면 또 대부분의 호감은 멈춘다. 이렇듯 외형에 대한 호감이 이성적인 매력으로 가는 길은 멀기만 하다.

그러나 대화가 동반된 한 사람의 인상은 짧은 시간이라도 훨씬 폭넓은 판단이 가능하다. 이성적인 긴장이 만들어지는 시작점은 이렇듯 총체적인 인상에서 만들어진다. 넓은 범위의 인상에서 매력을 느끼게 되면 우리는 다시 외모의 매력을 세분화해서 본다. 경험해본 바를 말하면 때로는 그녀의 눈썹이 떨리는 운율감에서, 때로는 말아올린 머리로 드러나는 뒤쪽 목선에서, 때로는 귀 뒤로 흘러내려온 한 자락의 머리 올에서, 때로는 어깨선에서, 발목에서, 허리에서, 입술에서 자극을 느꼈다. 성적인 판타지를 그려보는 조금 더 음흉한 페티시가 시작되는 것이다. 그 음흉한 페티시 중 나는 피부 위에 입혀진 작은 점들을 좋아하는 편이다. 그 사람의 스크래치, 절묘한

위치에 놓여 있는 흠집들. 대화가 시작되고 깊은 관계를 맺기까지 차근차근 발견할 수 있는 것들. 코끝 혹은 입술 언저리에 위치한 작은 점들은 때로 아름답다. 지워지지 않는 점이기를 바라며 고혹 또는 뇌쇄를 책임지고 있는 그녀의 장식을 훔쳐본다. 일이 잘 풀리면 더 안쪽의 흠집들을 볼 수 있다. 가슴의 둔덩에 붙어 있는 점이라든지 그녀의 클라이맥스로 가는 어느 길목에서 먼저 만나게 되는 작은 점이라든지. 과정의 즐거움을 만끽하게 해줄 안내자들을, 조물주의 계획에 없었던 우연성의 선물들을 발견해간다. 과하지는 않더라도 적당히보다는 많은 수의 점들을 좋아한다. 물론 미리 호감이 정해진 총체적인 인상 위에 흩뿌려진 예술적인 데커레이션을 말하는 것이다. ▶

공 격

그는 순서대로 불을 껐다. 세 단계로 전시실에 불이 꺼졌다. 다음 전시에 대한 도록을 챙기고 책상에 스탠드 불을 껐다. 2층의 전시실 사무실에서 통유리 창 너머의 거리를 봤다. 비가 내리고 있었다. 옥외주차장 쪽 노변에 자신의 차가 있었다.

우산은 있었으나 순식간 비에 젖었다. 구두 밑창 관리를 해놓지 않아 금세 물이 찼다. 젖은 신발로 브레이크를 밟고 시동을 걸고 와이퍼를 올리고 핸들을 꺾었다. 그 순간 그녀가 달려왔다. 그녀 또한 우산은 있었으나 비에 흠뻑 젖었다. 그녀는 비틀거리며 무작정 보조석 앞문을 열고 들어왔다.

— 뭐야, 너?
— 뭐긴, 나지.

뒤에서 차가 클랙슨을 울렸다. 차는 도로로 접어들었고 그는 그녀가 마땅치 않았다.

그녀는 슬쩍 눈치를 보다 본론으로 접어들었다.

— 잘 지냈어?
— 어.
— 나쁜 새끼.
— 많이 마셨어?
— 걱정해주는 척하지 마. 나쁜 새끼야.

그녀는 너무 빠른 본론으로,

— 생각해봤는데…… 난 너 용서 안 할 거야.

그는 그녀를 보았다. 너무 빠르지 않나 싶은 마음으로,

— 내가 뭘 그렇게 잘못했니?
— 너…… 내 인생 망가뜨렸으니까…….

그는 입을 열었으나 그녀의 입이 더 빠르다.

— 너 걔랑 잘 지내?

무시가 상책.

— 몰라.

— 뭘 몰라? 넌 그러면 안 돼. 내가 불행하니까……. 너 행복하면 안 돼. 내가 너한테 찐 붙어도 넌 가만히 있어.

(미치겠군.) 그는 얼굴이 벌겋다.

— 너…… 어떻게 보상할래?

— 뭘?

— 나한테 그런 거 말야.

— 뭘 보상해? 그냥 우리는 만나고 헤어진 거야. 그리고 예의 좀 지켜라. 너가 뭐니? 말끝마다……. 나이도 어린 게.

— 나이가 어려서 넌 날 가지고 놀았냐?

운전에 집중할 수가 없다. 그는 고개를 돌렸다. 하지만 그녀의 서슬 퍼런 표정은.

— 차 세워.

감사합니다, 라는 마음으로 남자는 차를 세우려 했으나.

— 배고파. 밥 사줘.

비는 멈추지 않았다. 그녀는 마스카라 번진 눈으로 그를 노려보며 샌드위치를 먹고 있었다. 샌드위치 가게에 다행히 사람은 없었다. 그는 그녀의 목소리가 커지지 않기를 바랄 뿐이다. 남자는 커피를 한 모금 한 후 아주 조심스럽게 물었다.

—넌 남자 안 만나?

—그런 거 없어. 난 너 때문에 연애불구야. 겁나서 사람을 어떻게 만나니? 너 솔직히 말해!

그는 당황스럽다.

—뭘 솔직히 말해?

—너 나랑 헤어지고 걔 얼마 만에 만난 거야?

아멘.

—말했잖아.

—아냐. 난 너 못 믿어.

—못 믿으면 믿지 마. 이제 와서 믿고 못 믿고가 무슨 상관이야?

—난 너 절대로 용서 안 해.

—무슨 죄를 졌니, 내가 너한테?

결국은 그가 소리를 질렀다. 그녀는 나긋나긋하다.

— 이유도 모르고 내 인생이 이렇게 바닥 칠 순 없어. 난 너한테 잘못한 거 없어. 네가 하자는 대로 병신 짓 다 하고 살았는데 내가 왜 이렇게 물러나야 돼?

— 왜 갑자기…… 언제 적 이야긴데. 지금 와서 이러는 거야?

그녀는 고개를 오른쪽으로 틀더니 세상에 더없는 조소의 표정을 보여준다.

— 너한테는 언제 적 얘기야? 난 아직도 지금 얘기야. 넌 나한테 진짜 못했어. 그래도 내가 너한테 얼마나 노력했는데…….

그녀는 엄청난 양의 샌드위치를 입에 넣고도 말을 했다.

— 넌 정말…… 벌 받아야 해.

그때 그의 전화벨이 울렸다. 그는 전화를 받으려 했으나,

— 받지 마. 받지 마. 제발…….

(그래, 달래자.) 그는 전화를 받지 않는다. 칭찬을 해주자, 그는 생각했다.

— 머리 바꿨네.

— 응.

— 어울린다. 너한테.

— 말해줘.

균형은 다시 깨졌고.

— 뭘 말해?

— 뭐든……. 너한테 벗어날 수 있게……. 나는 왜 안 돼? 나는 왜 안 되냐고?

— 인제 와서 내가 뭐라고 하니, 너한테.

그녀는 고개를 들고 샌드위치를 다 삼킨 후 말했다.

— 왜 나한테 노력을 안 했어? 난 너한테 노력했어. 근데 왜 넌 나한테 노력을 안 했냐고?

플라타너스 낙엽들이 비에 다 쏟아졌다. 마지막 가을은 떠났다.

그와 그녀는 샌드위치 가게를 나서자마자 길가에 주차를 하고 조용한 가로수길을 걸었다. 남자는 자꾸 뒤를 돌아봤다.

— 니 차 어디 도망 안 가.
— 길이 예쁘네. 가을이라.
— 에휴, 쪼잔한 놈.

욱하는 건 이번에도 그가 먼저.

— 그래. 쪼잔한데 왜 나한테 매달려.

그녀는 가던 길을 멈췄다. 가로등이 닿지 않는 어둠 속에서,

— 내가 너한테 매달리는 것 같아? 난 네가 사람 같지 않아서 벌주고 싶은 거야. 정의감에.
— 아이고 그래. 정의감에 그러면 나 좀 용서해주면 안 될까? 앞으로 잘하고 살게.
— 걔한테 잘하겠다는 거야?
— 걔든 뭐든.
— 걔한테 잘하지 마. 억울해.

그는 소리를 질렀다. 그녀든 뭐든한테……. 인내심을 버리고 될 대로 되라는 식으로 그녀를 보는데, 그녀는 길 한쪽에 쪼그려 앉아 강아지를 만지고 있는 게 아닌가. 그 앞에는 개를 산책시키던 남자가 멍청하게 서 있었다.

그녀는 개 주인에게 말을 걸었다.

— 어머머머. 얘 봐. 너무 귀여워. 아저씨, 얘는 개종이 뭐예요?

그녀는 개를 안고 코를 대고 몇 살이냐 묻고 이름이 뭐냐고 묻더니 그에게 고개를 돌리고는,

— 일루 와봐. 얘 너무 예쁘지?

자포자기의 심정.

— 그래. 예쁘다. 나 여기 있을 테니 다 보면 와라.

그녀는 개를 주인에게 돌려주더니 슬금슬금 그에게 다가왔다.

— 오빠. 그러니까 좀 안쓰럽다.
— 내가 뭘. 어쨌든.

바람이 한차례 더 불었다. 몇 개 남지 않은 플라타너스 이파리들이 더 떨어졌다.

—그래. 오빠 말대로 날씨가 좋다.

그들이 그 낙엽의 터널을 빠져나오기에는 더 시간이 걸렸다.
길의 끝에서 그녀는 말했다.

—너도…… 날 그렇게 좋아하던 때가 있었어. 가지고 싶다고. 그랬어, 네가.
—그래. 가지고 싶다고 했어.
—근데 왜 그래.

그는 그녀를 보았다.
그리고 진심인 척 또는 진심으로.

—미안하다.

말이 끝나고 다섯 걸음을 걷기 전 그녀는 그의 옆에 붙었다.
그리고,

—나 오늘 완전 야한 속옷 입었어.

그는 또 걸음을 멈췄다. 그녀는 고개를 기울이더니,

—안 궁금해?
—은희야.
—왜?
—궁금한데. 나 안 볼래.
—왜 안 봐?
—이제는 보면 안 되잖아. 나 말고 딴 사람 보여줘라.
—나쁜 놈. 근데 저번엔 왜 잤어?
—니가 그랬잖아. 용서를 빌라면서.
—용서를 빌라고 잤냐? 너는?
—네가 그랬잖아. 정말 마지막이라면서. 너 때문에 얼마나 괴로웠는지 알아?
—나랑 자는 게 괴로워? 그래서 그렇게 좋아했냐?
—아휴, 제발 좀.
—왜? 걔한테 미안해서? 그래서 괴로워?
—그만 좀 해.

그녀는 그만할 생각이 없다.

—오늘 나랑 있어.

그는 걷는다.

—오늘 나랑 있어야 돼.
—안 돼.
—그럼 그때 나랑 잔 거 걔한테 이야기해.

그는 터널 끝에서 그녀를 돌아보았다.

— 삼자대면하자. 이 기회에…….

그 순간, 그는 주저앉아서 이상한 소리를 내기 시작했다. 창자와 허파와 위에서 소리들이 달려나왔다. 사람의 소리는 아니었다.

—으어어어어어아아아악…….

옆에 지나가는 사람들이 없기를.

추운 거리에서 그는 온몸을 웅크렸다. 그렇게 한참, 전화벨이 울리기 전까지 둘은 가만히 있었다. 그는 전화벨 소리에 휴대폰을 찾았다. 그녀는 고개를 숙이고 몸을 떨면서 말했다.

— 받지 마.
— 너다.

그녀는 핸드백을 찾아 휴대폰을 꺼내들었다. 남자는 말한다.

— 받아.
— 됐어.

그녀는 시무룩했다. 전화벨은 멈췄고. 추위는 남았고 소음들은 멀어졌다. 그녀는 조용히 입을 오물거리듯 말했다.

— 나 만나는 남자 있어.

그는 몸을 일으켰다.

— 응? 없다며. 너 연애불구라며.
— 뻥이야. 한두 달 됐어. 근데 나 연애불구는 맞어. 그리고 연애불구 된 거 너 때문인 것도 맞어. 그러니까 넌 죄책감 계속 가지고 있어.
— 남자친구도 있는 게 왜 나랑 자자고 해.
— 몰라. 그냥 해본 말인가보지. 하여튼 걔도 자꾸 도망갈라고

해. 속상해 죽겠어. 두 달밖에 안 된 게. 다 너 땜에 내가 연애불구돼서 그래.

그녀는 또 고개를 기울였다. 그리고 고개를 들었다. 눈물이 뺨에 흘렀다.

—나 괴물 아니니까 그런 식으로 대하지 마. 그렇게 이상한 소리 내면서 울지도 말고.
—그래.
—그리고 나, 개랑 안 되면 너 또 괴롭힐 수도 있어. 다 너 때문이니까.

그녀는 마지막으로 그의 얼굴을 봤다.

—나 갈게.
—태워줄까?
—됐어.

그녀는 낙엽길을 빠져나가 도롯가로 갔다. 젖은 땅 위를 스르르 미끄러지며 택시가 섰다. 그녀는 뒤돌아 손을 번쩍 들더니 택시 안으로 들어갔다. 그녀가 탄 택시가 출발하고 그는 택시 꽁무니에 어색하게 손을 들었다.

그는 혼자 남았다. 고개를 숙이니 작은 이파리 하나가 발등에 붙어 있었다. 그는 몸을 숙여 손가락으로 발등에 낙엽을 떼어냈다. 바람이 시원하게 느껴졌고, 공격이 끝난 것에 그는 안도했다. ▥

Marcel

헤어지려고 백 번을 잔 커플이 있다. 다시 타오를 수 없는 불씨가 오래갔다. 그들은 증오의 침을 뱉고 발기하고 같이 자고 서로 다른 꿈을 안고 헤어진다. 어느 한쪽에서 불씨가 댕겨지고 둘은 주먹을 쥐고 만난다. 한 방 먹이고 싶은 서로의 얼굴을, 한 번 안기고 싶은 서로의 가슴을 본다. 그들은 헤어졌고 불씨는 겨우 꺼졌다. 고무를 태우는 것 같은 역한 냄새가 남았다. 그들은 오랜 시간을 보냈고 냄새는 옅어지지만 지워지지 않았다. 아직 무언가를 태우고 있기 때문이었다. 그들은 후에 아주 작은 불씨를 발견했지만 다행히 서로를 향해 뛰어가지 않는다. 그렇게 시간이 지나고 그들은 작은 불씨를 조금씩 더 잘 견뎌낸다. ▸

— — — — — —

〈브로큰 플라워〉라는 영화가 있다. 돈 존스턴(빌 머레이 분)은 젊은 시절 그와 사귀었던 연인들을 만나러 다닌다.

과거와의 만남이 로드무비가 된다. 과거의 어느 시점이 아닌 그가 지나온 과거가 흘러간 세계와 조우하는 것이다. 세상에서 가장 피로한 연기를 잘하는 빌 머레이가 그 표정 그대로 고단한 여행을 한다. 위트 넘치는 성찰은 교훈을 준다. 자라난 과거와의 대면은 혼란뿐이라는 것을. ▸

기 도

인생을 망쳐버렸다고 생각한 어떤 남자가 공원에서 술을 마시고 있었다. 그에게 신이 나타났다. 남자는 무신론자였다. 하지만 그 앞에 선 신의 존재를 부정할 도리가 없었다.

남자는 왜 자기를 이따위 실패한 무신론자가 되게 했느냐고 물었다. 왜 기도나 기적은 이루어진 적이 없는지 강하게 따졌다. 신은 벤치에 기대 흘깃 남자를 봤다. 그러고는 피곤한 얼굴로 건성건성 말했다.

— 잘 생각해봐. 너 어렸을 때, 자전거 타고 싶어서 기도했었지? 자전거포에서 자전거 빌려 타려고 아버지가 돈 좀 놔두고 가게 해달라고 나한테 기도했잖니? 그래서 내가 니 아버지 통해서 200원 밥상에 두고 가게 했잖아. 넌 그 기적을 왜 잊었어?

— 아…… 네.

곰곰이 생각해보면 누구에게나 기도가 이루어진 적은 있다. ▣

この先右折禁止

— — — — — —

기적 같은 순간이 있었다. 잊지 말겠다고 다짐하던 아름다운 시간들이 있었다.

요즘은 굳이 기억하려 노력하지 않는다. 잠시 머무는 것에 좀더 충실히 즐기고 싶어한다. 남기는 것보다는 즐기는 것이 추억이 된다. 관찰자의 시선을 버리고 내가 풍경 안에 들어가는 것으로, 가슴으로 받아들인 기억이 생긴다. 감정의 기억은 잘 잊혀지지 않아서 다시 오는 계절처럼 간간이, 그리고 오랫동안 즐길 수 있다. ▶

좋은 사람

남자는 어느 때부터인가 튕겨져나갔다. 여자는 놓을 수 없었다. 그녀에게는 두번째 연애였다.

그녀의 첫번째 연애는 내내 시큰둥했지만 끝날 때 뜨거워졌다. 재미없던 남자라 오래 만날 생각이 없었지만 마음이 약해져서 삼 년 정도 만나줬고 힘이 빠질 때 즈음 그쪽에서 먼저 이별을 고했다. 그때의 남자친구는 그녀와의 피서자금은 만들어보겠다며 방학과 동시에 극장 아르바이트를 시작했는데 나이 많은 매표소 직원과 눈이 맞은 것이다. 그녀는 남자를 놓아주지 않았다. 죄책감에 시달리던 남자친구는 종종 그녀를 만났고 그녀는 이 년 정도 전남친의 세컨드 생활을 했다.

결국 그녀는 그에게서 밀려났고 타격이 있었다. 남자는 어린 나이에 매표소 직원과 결혼을 했다.

튕겨져나가고 있는 두번째 남자와 연애를 시작할 때 그 두번째 남자는 만나는 여자가 있었다. 극단에서 배우생활을 하고 있었고 당시가 삽십대 초반, 그래도 그녀에 비해 나이가 많은 남자였다. 남자는 만나는 여자와의 관계가 그리 깊어 보이지는 않았으나 여자가 임신을 해 결혼을 생각하고 있었다. 그녀는 친구를 따라 연극을 보고 뒤풀이까지 따라가 코너에 몰린 남자와 우연히 합석해 술을 마셨다. 애정 없는 불운한 결혼생활을 앞둔 남자가 불쌍하다는 생각을 했다. 남자는 술에 취해 결혼할 여자에 대한 칭찬을 떠들어댔고 그녀는 조용히 남자의 다리에 손을 얹었다.

둘의 만남은 이어졌고 다행히 그의 여자친구는 중절수술을 했다. 남자는 만나던 여자와 헤어지고 그녀와 만났다. 그 과정에 일 년의 시간이 흘렀다.

그녀는 둘의 불안한 시기가 끝났다는 생각을 했다. 그러나 장마가 시작되던 날 혜화동의 어느 카페에서 남자의 심드렁한 표정을 보았다. 그때를 시작으로 남자는 평소에 짓지 않던 표정으로 자주 짜증을 냈다.

그녀는 노력했다. 그의 극단 친구들에게 잘했고 직장생활로 번 돈으로 가난한 연극배우인 연인과 같이 여행을 가기도 했다. 하지만 그는 심드렁했다.

남자는 어느 날 자신과 의논하지 않고 두 달간 부산 공연을 잡았다. 그녀는 화가 나서 그가 떠나는 날도 연락하지 않았지만 회사에 연차를 내고 한 달 만에 남자를 찾아갔다. 그는 기뻐하는 듯했고 그날 밤 그녀는 남자를 더 기쁘게 하기 위해 평소 내키지 않던

140

그의 정액을 마셨다. 둘은 뜨겁게 안았지만 적막한 어둠 속에서 여자는 두려움을 느꼈다.

다음날, 월요일의 광안리는 비어 있었다. 둘은 광안리의 맛있다는 스파게티집을 찾아갔는데 그곳도 비어 있기는 마찬가지였다. 스파게티를 오물거리다 여자는 물었다.

— 어떤 사람이었어?
— 응?
— 어떤 사람이었냐고……. 그 사람.
— 맛있어. 이거…… 맛있게 먹기 싫어?
— 화내자는 거 아니고……. 그냥. 화낼 거 아니야.

그녀는 웃는다. 남자는 포크로 브로콜리를 집었다. 남자는 브로콜리를 포크로 뒤적거리며 말했다.

— 좋은 사람.
— 어떻게 좋은 사람?
— 그냥 좋은 사람……. 지나고 보니 미운 데가 없네.
— 많이 미안해?
— 다른 거야. 미안한 거랑 다른 거야.

—…….

—그 친구는 행복해야 돼.

—왜…… 안 행복하대?

—응. 안 행복하대.

—만나봤어?

—그냥 알아.

—자기 없다고 안 행복한 건 아냐. 그리고 언젠가 행복해질 거야.

—안 행복해……. 내가…….

—나는 행복해 보여?

—좋아질 거야. 언젠가. 나 같은 거 밥맛이잖아.

—그럼…… 나보고 좋아죽는 척한 거는?

—나…… 너…… 좋아.

—좋은 사람이랑 있는데 왜 안 행복해?

—몰라. 그냥 안 행복해.

여자는 눈물이 맺혔다. 그녀는 물었다.

—나랑 헤어지면 좋아져?

—몰라. 그냥. 계속 만나는 거는 힘들어.

—그럼 나랑은 왜 만났어?

—몰랐으니까.

— 나 괜찮은 사람이야.
— 응……. 너 괜찮은 사람이야.
— 나랑 헤어지면 후회할 거야.
— 어. 후회할 거야.
—그럼 후회할 짓 하지 않으면 되잖아.

남자는 웃으며 물었다.

— 화났지?
— 화내지 않는다고 했잖아.

눈물과 억지웃음이 뒤엉켜 얼굴이 일그러진 여자는 스파게티 면을 입에 밀어넣었다. 고개를 돌려 광안대교를 잠시 바라봤다. 그녀는 면을 꼭꼭 씹어 삼켰다. 그녀는 밀려나고 있다. 타격이 두려웠다. 스파게티의 맛은 잊었지만 에너지가 필요했다. 잘 먹어둬야 한다. 이제부터 시작이므로. ▥

– – – – – – –

수신이 되지 않는 전화, 하지만 공중전화는 자신의 번호를 가지고 있다.

어느 새벽, 낯선 번호가 휴대폰에 남겨진 날이 있었다.

모르는 번호지만 그 번호를 가진 전화가 그리 멀지 않은 곳에 있음을 알았고, 신호음 너머의 목소리를 듣지는 못했어도 전화를 건 이가 누구인지는 짐작이 되었다. 남겨진 전화 때문에 잠이 오지 않았다. 새벽의 밤거리를 나와서 동네의 공중전화 부스를 찾아 번호를 확인했다. 역시 휴대폰에 남겨진 번호와 멀지 않은 곳의 번호들이었지만 같지는 않았다.

큰길을 내려와서 외대 캠퍼스로 들어가 줄지어 있는 공중전화 부스 앞에 섰다. 몇 대의 공중전화 부스 사이에 발신번호를 지닌 부스가 있었고, 그 안에는 아무도 없었다. 난 그 조그마한 박스 안에 서서 내부를 살폈다. 그리고 부스에서 내다보이는 풍경들을 살폈다. 방금 전까지 없었던 새벽의 빛이 거기에 있었고, 술 취한 연인들의 웃음소리가 지나갔다.

공중전화 부스는 세월의 유행을 비껴 그 자리에 오랫동안 존재했다. 고국이 그리운 유학생들을 위한 것이었을까. 산책중에 그 부스 안에 들어가본 적이 있었는데, 그때 옆 칸에서는 중국에서 온 듯한 어느 여학생이 낮은 목소리로 통화를 하고 있었다. 내용은 알 수 없었지만 그리움이 묻어났다.

그리고 또 몇 년 사이.

유학생들은 더 늘었고, 줄지어 있던 그 공중전화 부스들은 이제 없다. 그 자리엔 벤치와 화단만이 남아 있다. ▷

세번째 만남

그들은 두번째 만났을 때부터 문대기 시작했다. 세번째 만났을 때 그들은 잠시 부끄러워졌다. 술을 마시기 전까지.

맥주를 많이 마시고 남자는 화장실을 많이 다녀왔다. 둘은 빈 혜화동 거리를 나와 성대 앞 소줏집에서 2차를 했다. 술집에서 나왔을 때는 비가 꽤 내리고 있었다. 대기가 불안정한 초여름의 기후에 일순 거리가 조용해졌다. 비에 아랑곳하지 않는 그들은 성대 뒷골목에서 다시 서로의 몸을 문질러댔다.

준비는 되었고 그들은 여관방을 찾아 헤매었지만 금요일 밤 혜화동에서 발견한 두 개의 모텔은 이미 만실이었다. 남자와 여자는 이미 많이 취했다. 취기에 그들은 세븐일레븐에서 산 비닐우산을 쓰고 한성대 입구 쪽으로 모텔을 찾아 걷는다. 하지만 그곳은 서울시 지도에 드물게 모텔이 없는 곳이다. 결국 삼선교를 지나 성신여대 앞까지 걸어온 둘은 눈에 띄는 모텔에 먼저 들러보지만 그곳도 만실이었다.

모텔을 빠져나오는데 비탈진 골목 앞에 여자가 쪼그려 앉는다. 여자의 안색이 좋지 않아 남자는 미안한 마음이 들었다.

— 집에 가고 싶어요?

— 집에 못 가요. 오줌보가 터질 것 같거든요.

— 아…….

— 이번엔 들어갈 줄 알았어요. 근처에 어디 화장실이 있겠죠.

— 참을 수 있어요?

하지만 새벽녘에 이미 상가들은 모두 문을 닫았고 화장실도 마땅치 않다.

— 여자가 남자보다 오줌을 못 참는다면서요. 사실인가요?

여자는 고개를 들어 남자를 보았다. 남자는 여자의 고통을 알지 못한다.

둘은 화장실 겸 모텔을 찾아 낯선 길을 걸었다. 그들은 아주 작은 보폭으로 조심스레 개천길을 따라 걸었고 다행히 모텔을 하나 만났다. 물에 젖은 길고양이마냥 둘은 청승맞았지만 남자는 재밌는 일이라 생각했다. 졸던 아주머니를 깨워 체크인을 하고 남자는 여자의 손을 잡고 계단을 올랐다. 조그만 방에 들어서자 냉장고 소리가 컸다.

둘은 잠시 가만히 서 있었다. 남자는 의아했다. 비에 흠뻑 젖은 그녀가 화장실로 달려가지 않았으므로. 그녀는 가만히 서서, 읽을 수 없는 표정을 하고 있었다.

그녀는 오른 취기에도 불구하고 꽉 찬 방광을 버텨낼 강한 정신력이 있었지만, 결국 비 스민 밤거리의 경황없음에 이미 축축해진 옷을 입은 채 이완해버리고 만 것이다. 그들은 세번째 만났고 그녀는 오줌을 눈 채 그 앞에 서 있었다. 그녀는 두 손으로 자신의 얼굴을 감쌌다.

그들은 바로 섹스를 했다. 그녀는 섹스가 끝나서야 속옷을 빨 수 있었다.

모텔의 체크아웃 시간 전에 옷이 마르지 않아 난감했지만 그들은 그러고도 한동안 무탈하게 연애를 이어갔다. 그리고 그들의 네번째 만남은 부끄러움이 없었다. ▣

— — — — — —

자신만만함보다 부끄러움이 섹시하다고 생각한다. 감추고자 노력했지만 실패했고 오갈 데가 없어진 너의 수치스러움에서 드러나는 관능들. ▶

테겔 공항에 오전 여섯시 조금 넘어 도착했다. 경유지에서 보낸 시간도 만만치 않고 더이상 어린 나이도 아니기 때문에 피로감을 지울 수 없었다. 수화물을 찾기 전 화장실에 들러 겨우 몇 가지 화장을 손봤다.

그가 마중나오는 것이 부담스러웠다. 공항은 불편한 검색 없이 쉽게 빠져나올 수 있었다. 그는 손을 잠시 들더니 다가와 내가 잡고 있던 캐리어를 받아 끌었다. 걷다가 그제야 뒤돌아 웃으며 인사를 건넸지만 미소는 잠시 사이에 사라졌다.

— 차를 샀네요?

— 네. 여기 아니면 언제 독일 차를 몰아보겠어요.

그는 트렁크에 캐리어를 넣고 나머지 짐들을 뒷자리에 실었다. 그의 행동에는 군더더기가 없었다.

— 누가 보면 택시 운전 하는 줄 알겠어요.

농담 한마디에 눈길이 잠깐 스칠 뿐, 그는 보조석 문을 열어주자마자 운전석으로 돌아가 앉았다.

— 전보다 살이 많이 올랐네요.

그는 백미러로 자신의 얼굴을 확인했다.

— 면도도 못하고 나왔네요. 죄송해요.
— 죄송할 게 뭐 있어요. 운전에 신경쓰세요. 거울 보지 말고.

창밖으로 이른 아침의 베를린 전경이 스쳤다.

— 좋은 길로 모시는 거예요. 그나마.

유명한 전승기념탑의 여신상은 일출을 받아 황금색 날개가 불타올랐다. 차는 티어가르텐의 녹음을 지나 동생이 엽서로 보내줬던 브란덴부르크 문을 스쳐갔다.

— 예뻐지셨어요.
— 나이 먹는 걸요, 뭐……. 아직 멀었나요?
— 저희 집은 꽤나 동쪽에 위치해 있어서요. 좀 걸릴 듯해요.

그는 핸들을 거의 한 손으로만 잡았다. 손을 번갈아 올리며 놀리는 손은 창문에 기대거나 기어 스틱을 만지작거렸다.

그 손은 조용히 내 손에 닿은 적이 있었다. 나는 잠에서 깨지 않은 척했고 그의 머문 손은 거둬들여졌다. 오래전 일이다.

— 베를린은 처음이신가요?

우리 자매는 우리의 인식이 자라기 전 기구한 운명에 결정지어져 고모가 키웠다. 내가 아홉 살, 동생이 다섯 살 때였다. 우리는 고모의 남매들과 같이 키워졌고 공교롭게 나이가 서로 같았다. 우리는 고모나 고모부를 엄마와 아빠로 부르지 않았다. 그들도 그러길 원하지 않았다. 어려운 몇 년이 있었고 결국 우리는 외가 쪽 큰할머니 손에 키워졌다. 고모네 식구들과 지낸 박해의 시기는 자매의 사이를 단단하게 했다. 정 많은 큰할머니 덕에 우리는 잘 자랐다. 난 디자인계열 전문대에 진학했고 졸업하자마자 잡지사 교열 일을 시작했다. 적당히 동생을 도와줄 수 있었고 동생은 미대에 진학했다. 동생은 학교를 졸업하고 몇 년을 놀다가 지금의 남자친구를 만났다. 그가 두번째 구원투수인 셈이었다. 그와 동생은 파리로 이 년 정도 유학을 갔고 돌아와서 일 년 정도 서울에 있다가 다시 베를린으로 떠났다.

— 베를린은 처음이신가요?

— 네. 성미가 이야기 안 하던가요. 저희 부모님이 독일에서 돌아가셨잖아요.

— 알고 있어요. 거긴 프랑크푸르트 아니었나요. 독일은 넓어요.

— 네. 몰랐네요.

— 화내지 말아요. 성미가 한 이야기예요.

— 네. 그 아인 항상 낙천적이니까요.

뭐든 낙천적인 동생의 태도가 문제였다. 낙천적이고 꾸밈없는 그녀의 태도는 웅크린 나를 보듬듯 웅크린 그를 보듬었다. 그러나 우리의 그늘을 이해하지 못했다. 격의 없는 그녀의 포용 아래서 우리는 같은 성질의 그늘을 보았다. 그와 나는 서로 알고 있었다.

기어 스틱을 만지작거리는 그의 손이 계속 신경쓰였다. 그의 손이 내 손에 닿거나 내 뺨에 닿는 상상을 했다. 동생에게 가기 전 확인하고 싶었다. 그의 표정엔 동요가 없었다. 내가 가진 역겨움을 드러낼 수 있게 기회를 달라고 하고 싶었다. 하지만 내가 먼저 그의 뺨을 만질 수는 없었다.

— 좋은 곳이네요. 진작 와볼걸.

— 며칠 계시다보면 더 즐거워지실 거예요. 성미는 이제 베를리너예요. 거의.

— 갠 어디든 적응을 잘했어요.

그의 차는 강어귀에 멈췄다.

— 거의 다 왔어요.
— 여기가 집으로 들어가는 주차장이라고요?
— 아뇨. 여기는 공원이에요. 저건 슈프레 강이라는 거고요.

강은 아름다웠다. 지류는 좁지만 끝 모르게 굽이 이루어지고 편백과 단풍과 진달래가, 각자의 다른 계절을 지닌 나무들이 강이 가는 길옆을 지키고 있었다. 가로수와 벤치가 있는 길을 따라 덩치 큰 개와 그들의 주인이 산책을 하고 있었다. 검은 개 한 마리가 강으로 뛰어들었다. 제법 수영을 잘하는 개였다.

나는 동생의 미소를 좋아했다. 그녀의 미소는 우리 자매가 긴 질곡의 역사를 지켜내게 도와주었다. 이마를 뒤로 젖히고 간결하게 후다닥 웃고는 길고 아름다운 머리를 정리하면서 정숙한 표정을 짓는다. 그녀는 그 사랑스러운 미소를 잃은 적이 없다. 나 또한 그녀의 미소를 잊은 적이 없다. 나 또한 그녀처럼 웃으며 힘든 시기를 견뎌보기도 했다.

—이 강은 원래 아름다운데…… 지금은 또 좋은 시간이네요. 보통 저도 이 시간에 나와볼 일은 없으니까.

—전 좀 피곤해요.

—거의 다 왔어요. 여기서 차를 타면 십 분 거리예요.

—고작 십 분이요?

라는 답이 튀어나왔다.

—네. 고작 십 분이요. 집으로 돌아가면 전 점잖아질 거예요.

그는 속도를 멈추지 않고 나에게 걸어오더니 긴 팔로 허리를 감고 키스를 했다. 눈이 감겼다. 주위에 흩어져 있던 봄꽃 향이 따뜻한 공기와 함께 나를 덮었다. 밤을 새워 둔감해진 몸의 감각기관들이 슬며시 일어났다. 그의 수염은 부드러웠다. 허리를 감싸던 두 팔이 풀리고 난 다시 두 다리로 서야 했다. 봄의 물결 속에 휘청이며 눈을 떴다. 긴 버드나무가 바람결에 강물로 쏟아지고 있었다. 기분 좋은 현기증을 느꼈다. 방금 스쳐간 그 잠시를 위해 먼 시간을 날아왔고 그토록 원하던 순간이 지났다. 따뜻한 바람의 한가운데 두 다리로 서고 슬픔이 싹을 틔우는 소리도 들었다.

검은 개는 수영을 마치고 나는 그의 승용차에 탔다. 그의 얼굴을 보지 않았다. 차는 움직이기 시작했고 우리의 십 분은 거리를 좁혀

가고 있었다. 몇 분이 지나면 동생의 미소를 볼 수 있다. 그녀의 아름다운 얼굴과 표정이 어느 아름다운 집과 담 너머에서 기다리고 있을 것이다. 나는 슬픔에 전율했지만 그는 눈치채지 못했다. 차는 속도를 늦추지 않았다. 그리고 나는 출렁이던 조금 전의 기억을 밀어내기 위해 애썼다. ▣

— — — — — — —

제임스 케인의 소설을 원작으로 한 영화 〈포스트맨은 벨을 두 번 울린다〉에 내가 아주 좋아하는 대사가 있다.

"우린 산꼭대기에 있었어. 아주 높은 곳에 올라 있었어. 프랭크, 그곳에서, 그날 밤, 우린 모든 걸 가졌어. 그런 감정을 느낄 수 있는지 몰랐어. 우린 키스했고 무슨 일이 벌어지더라도 영원하도록 봉인했어. 우린 세상에 있는 그 어떤 두 사람보다 더 많은 걸 갖고 있었어. 그런 다음 무너져내렸어. 처음엔 당신이. 그리고 그런 다음엔 내가 말이야. 그래. 비겼어. 우리가 이곳 바닥에 함께 있으니. 하지만 더 이상 높이 오르지 못해. 우리의 아름다운 산은 사라졌어." ▸

에 필 로 그

돌아보면 이미 불이 꺼져 있다. 기억은 이미 어둠의 지형 아래 놓여 있다. 잊고자 했던, 잊혀지지 않기를 바랐던, 온전한 기억은 없다. 일어난 일들의 기억은 쉽게 잊혀졌고, 일어나지 않았으나 동요했던 감정들 또한 시간 앞에서는 부질없이 사라지기 마련이다.

여행중엔 번번이 기억과 만나게 된다. 잊혀진 줄 알았으나 기억은 사실 불만 꺼져 있을 뿐이다. 처음 가본 공간에서 기억 속의 기후를 만나고, 낯선 사람들 사이에서 과거의 얼굴을 만난다. 낯선 곳에서 알고 있던 사연들을 발견한다.

여행에서 돌아오면 익숙한 것들의 다른 모습이 보인다. 세상을 신기하게 보는 눈이 생긴다. 길과 간판과 상점에 진열된 물건들에서, 여자와 남자와 아이들에게서, 하늘과 바람과 햇볕에서, 새로운 자극을 만난다.

계절과 거리와 단지 두 사람만으로, 관계의 이야기들을 만들어보았다. 이야기는 돌고 돌며 끝없이 이어진다. 책장을 넘기는 누군가, 불을 밝히는 여행에 이 책의 용도가 있기를 바란다.

2014년 여름
김종관

그러나 불은 끄지 말 것

1판 1쇄 발행 2014년 8월 28일
1판 3쇄 발행 2014년 9월 12일

글·사진 김종관

기획 정유선
편집 김지향 이희숙 | 편집보조 박선주 | 모니터링 이희연
디자인 엄자영 이보람
마케팅 방미연 정유선 오혜림 | 온라인마케팅 김희숙 김상만 한수진 이천희
제작 강신은 김동욱 임현식

펴낸이 이병률
펴낸곳 달
출판등록 2009년 5월 26일 제406-2009-000034호

주소 413-120 경기도 파주시 회동길 210
전자우편 dal@munhak.com
페이스북 facebook.com/dalpublishers | 트위터 @dalpublishers
전화번호 031-955-2666(편집) | 031-955-2688(마케팅) | 팩스 031-955-8855

ISBN 978-89-93928-74-7 03810

• 이 도서의 국립중앙도서관 출판예정도서목록(CIP)은
서지정보유통지원시스템 홈페이지(http://seoji.nl.go.kr)와
국가자료공동목록시스템(http://www.nl.go.kr/kolisnet)에서 이용하실 수 있습니다.
(CIP제어번호: CIP2014023430)